Der Dank gehört meiner Familie,

die so unendlich viel Geduld hatte

Der Zweck heiligt die Mittel.

Bei der Suche nach Wahrheit und bei Vergeltung.

Das Ende ist immer nahe 2

Urs Herzog

© 2020 Urs Herzog

Umschlaggestaltung, Illustration: Urs Herzog

Verlag & Druck:
tredition GmbH, Halenreie 40-44, 22359 Hamburg

ISBN   978-3-347-06747-9   Paperback

        978-3-347-06748-6   Hardcover

        978-3-347-06749-3   e-Book

Bibliografische Information der Deutschen Nationalbibliothek:
Die Deutsche Nationalbibliothek verzeichnet diese Publikation in der Deutschen Nationalbibliographie; detaillierte bibliografische Daten sind im Internet über http://dnb.d-nb.de abrufbar.

Die Personen und Handlungen sind frei erfunden. Etwaige Ähn-lichkeiten mit tatsächlichen Begebenheiten oder lebenden oder ver-storbenen Personen wären rein zufällig.

Die Klinik

„Wie geht es Herr Walther heute?"

Er blickte durch das hohe Fenster hinaus in den Garten. Unter einer grossen, alten Eiche sass ein dunkel gekleideter Mann einsam auf einer Parkbank.

„Heute hat er einen guten Tag. Er hat nach dem Frühstück eine Zeitung genommen und begonnen zu lesen, das erste Mal seit er hier ist. Wir halten das für den ersten Schritt aus seiner Isolation und hoffen, dass er sich nicht wieder in seine Welt zurückzieht. Wenn sie also mit ihm sprechen, dann bitte sehr behutsam, Herr Roth, ohne ihn an seine Vergangenheit zu erinnern."

Die Krankenschwester in ihrer blendend weissen Uniform schaute zu dem Besucher hoch und hoffte er würde noch eine Weile bleiben.

Dieser lächelte ihr freundlich zu und sagte: „danke, Schwester Susanne, das ist eine gute Nachricht. Die Patienten hier haben Glück, dass sie hier sind und sich um sie kümmern. Ich geh dann mal nach draussen."

Er wandte sich um, ging hinaus auf den grünen Rasen und schritt auf die Eiche zu.

Schwester Susanne sah im nach. „Was für ein wundervoller Mann. Wie er sich um seinen Freund kümmert ist schon aussergewöhnlich – und dann sieht er noch so unglaublich gut aus. Und dann ist er auch noch Professor." Sie konnte nicht die Augen von ihm wenden, sah ihm lange nach und seufze dann tief als sie die Glocke eines Patienten vernahm.

Er setzte sich neben den Mann auf die Parkbank. Der Patient beachtete den Besucher nicht.

Seine grauen Augen blicken weiter in die Ferne ohne einen bestimmten Punkt zu fixieren.

So sassen die Beiden schweigend auf der Bank während die Zeit verrann.

Leise spielte der laue Frühlingswind mit den Blättern der alten Eichen und Kastanien. Das Singen der Amseln und das Zwitschern der Spatzen erfüllte die Luft. Bienen und Hummeln summten umher und suchten Nektar in den vielen bunten Blumen auf der grünen Wiese. Über den blauen Himmel zogen kleine, weisse Wolken und hoch oben am Firmament kreisten zwei Bussarde.

„Bist du jetzt zu meinem Therapeuten geworden oder bist du mein neuer Aufpasser?"

„Weder das Eine noch das Andere, ich will nur wissen wie es dir geht."

„Und, wie geht es mir heute?" fragte der Patient.

„Sag du es mir", antwortete der Besucher.

Die nächste Stunde sassen sie schweigend auf der Parkbank. In der Ferne schlug eine Turmuhr vier Mal.

„Es ist wohl langsam Zeit dass ich hier heraus komme und mein Leben wieder in die Hand nehme. Es wird am Anfang wahrscheinlich nicht einfach sein und ich weiss nicht wohin und weiss nicht was kommen wird. Aber ich sollte es trotzdem versuchen."

„Wenn du dazu bereit bist. Du kannst bei mir wohnen. Das alte Haus ist gross genug für uns beide und manchmal fehlt mir Gesellschaft."

„Gib mir noch ein paar Wochen Zeit, so schnell geht es dann doch nicht. Ich muss das hier erst zu Ende bringen."

„Wann immer du bereit bist, mein Freund".

Noch lange sassen sie zusammen im Park.

Südamerika

Heiss brannte die Sonne auf die ausgedorrten Felder und der heisse Wind aus den Bergen verstärkte die Gluthitze noch. Es war wie in einem Hochofen.

Weit und breit war nichts das ihm hätte Schatten spenden können. Er blieb stehen und wischte sich den Schweiss aus dem Gesicht. Warum nur tat er sich das an, er hätte auch später fahren können, gegen Abend, wenn die Hitze nicht mehr so mörderisch war.

Doch nun stand er hier in dieser Einöde. Als er nach vorne blickte nahm er in der Ferne einen dunklen Fleck war.

Die Qual würde bald ein Ende haben. In einer halben Stunde konnte er das Dorf erreichen, würde dann bei Pepe an der Bar ein paar kühle Biere kippen und die Welt wäre wieder in Ordnung. Dann nach Hause und lange schlafen.

Seine Stimmung hatte sich merklich gebessert, seine Schritte wurden länger und sein Gang federnder.

Eine Staubwolke tauchte vor ihm auf und er trat an den Rand der Strasse. Nicht zu früh, denn der Land Rover fuhr mit unvermindertem Tempo an ihm vorbei und hüllte ihn ein in eine Staubwolke die ihm den Atem nahm. Den grauen Wagen hatte er schon früher bemerkt. Er gehörte einer Gruppe von Neuankömmlingen die am Fusse der nahen Berge ihr Lager errichtet hatten. Es seien Prospektoren, wurde erzählt.

Es war nicht das erste Mal, dass solche Leute in seinem Dorf auftauchten. Meist waren sie nach ein paar Tagen wieder verschwunden.

Sie würden nie lernen die Berge und Ebenen richtig zu deuten, nie lernen, wo man schürfen musste um die begehrten Rohdiamanten zu finden.

Natürlich hätten die Lagerstätten im grossen Stil ausgebeutet werden können, aber hier legte niemand Wert darauf. Die Einheimischen hatten lieber ihre Ruhe und ihr Auskommen genügte ihnen.

Niemand würde sie als reich bezeichnen, aber mehr als wohlhabend waren sie allemal, auch wenn sie es nicht zur Schau stellten.

Die Häuser wirkten von aussen eher armselig, der Luxus im Innern blieb den Fremden verborgen, ging auch niemanden etwas an. Es war ein besonderer Menschenschlag der hier lebte, mitten in dieser Einöde.

Er hätte sich doch einen neueren Wagen anschaffen sollen. Wieder war eine Aufhängung an seinem uralten Pickup gebrochen. Schon zum zweiten Mal in diesem Monat musste er zu Fuss nach Hause.

Es wurde Zeit, dass er sich nach einem anderen Kleinlaster umsah. „Hoffentlich kann Aldo die Aufhängung noch einmal reparieren", dachte er, denn um einen neuen Pickup zu kaufen, musste er in die Provinzhauptstadt fahren und bis dorthin sollte die Aufhängung die Belastung der Schotterpisten aushalten.

****

Der Staub senkte sich und er sah in der Ferne schon die Konturen der Häuser.

Plötzlich griff er sich in den Nacken. Es war als hätte ihn ein Insekt gestochen. Er blieb stehen und rieb die Stelle an seinem Haaransatz bis der Schmerz verging. Trotz der Hitze fühlte es sich kalt an.

Erstaunt schüttelte er den Kopf und ging dann weiter auf das Dorf zu. Mit einem Mal wurde ihm schwarz vor Augen. Er stolperte, dann gaben seine Beine nach und er fiel aufs Gesicht. Noch einmal zuckten seine Gliedmassen, dann war er tot, lag am Rand der staubigen Strasse, lag in der heissen Sonne die den kühlen, nassen Fleck in seinem Nacken abtrocknete.

Der erste Tote von San Sebastian, einem kleinen, einsamen Dorf in einem Landstrich in dem mehrheitlich Kakteen und Dornenbüsche wuchsen. Ein einsames Leben in dieser Einöde.

Als die Frau des Opfers am folgenden Morgen ihre Nachbarn bat bei der Suche nach ihrem Mann zu helfen, war bald das ganze Dorf unterwegs. Als er am Strassenrand liegend gefunden wurde, rief Pepe der Wirt nach dem Arzt. Nach dem Gesetz musste dieser offiziell den Tod feststellen und den Totenschein ausfüllen.

Als der Arzt aus der Provinzhauptstadt Stunden später erschien und den Toten untersuchte, sagte er, dass die Todesursache ein Herzinfarkt gewesen sei und das schrieb er auch auf den Totenschein. Er vermutete, dass die Hitze den Infarkt ausgelöst hatte. Die Menschen wunderten sich. Der Mann lebte ruhig und bescheiden, ohne Stress, wie alle hier. Und sie alle waren sich die Hitze gewohnt. Wie konnte man da an einem Herzinfarkt sterben? Wegen der Hitze!

Aber wenn der Doktor das sagte. Der musste es doch wissen.

Am nächsten Tag wurde das Opfer in der harten, staubigen Erde begraben und das Dorf traf sich anschliessend bei dessen Familie zur Totenfeier, bei der Kaffee und Kuchen, Mezcal und Tortillas gereicht wurden.

Zwei Tage später fiel einer der Bauern tot um. Er hatte am Rand des Dorfes auf seinem kargen Feld gearbeitet, hatte seine Melonen mit Wasser versorgt. Herzversagen, so das Verdikt des Arztes.

Und wieder schüttelten die Menschen den Kopf, konnten sich den Tod nicht erklären.

****

Es folgten weitere Opfer und alle starben sie eines natürlichen Todes. Erst traf es Aldo den Schmid, dann den Barbier und die Frau des Bürgermeisters.

Früher starb in San Sebastian niemand so jung, die Menschen wurden alle Alt und Krankheiten waren hier eine Seltenheit. Die Meisten starben an Altersschwäche.

Und nun diese Todesfälle. Wie konnte das sein? Am Wasser konnte es nicht liegen, denn dieses war ausgezeichnet. Die Luft war sauber, der Mezcal hervorragend und Stress hatten sie alle nicht gehabt, nicht so wie die Menschen in der Stadt.

Der Arzt kam, blieb nur kurz, stellte einen Totenschein aus und verschwand wieder so schnell wie er gekommen war. Und immer lautete das Verdikt Herzversagen oder Herzinfarkt. Eine andere Ursache konnte er nicht finden.

Und dann traf es den Pfarrer.

Er war auf dem Weg von der Kirche zum Friedhof als er auf offener Strasse plötzlich umfiel als hätte ihn eine Axt gefällt.

Nun griff die Angst um sich.

Das Dorf versuchte ein gewisses Mass an Normalität zu bewahren, aber als ein Junge von zehn Jahren starb und dann auch noch das Trinkwasser immer schlechter wurde, glaubten sie der Teufel hätte seine Hand im Spiel, hätte ihr Dorf verflucht.

Einige versuchten ihr Land zu verkauften aber niemand wollte auf den Handel eingehen. Und so packten die Ersten ihre Sachen und zogen weg.

Als dann in einer stürmischen Nacht eines der Häuser zu brennen begann und der heisse Wüstenwind Glut und Flammen auf das nächste Haus trieb, dann auf ein Weiteres und auf noch Eines, konnten die Menschen nur noch versuchen ihre Habe vor den Flammen zu retten. Und dann standen sie vor dem Nichts, hatten ihren ganzen Besitz verloren.

Die Überlebenden verliessen das Dorf und zerstreuten sich in alle Winde.

Und niemand interessierte sich dafür. Für die Polizei waren die vielen Todesfälle eine zufällige Anhäufung von Schicksalsschlägen und der Brand ein normales Unglück. Das Ganze wurde zu den Akten gelegt und San Sebastian von der Landkarte getilgt.

Herbi

Herbi steckte in der Klemme. Und es war allein seine Schuld. Die Vorbereitungen hatten schon Wochen in Anspruch genommen und als er losziehen wollte stellte er fest, dass sein Pass demnächst ablaufen würde.

„Das darf doch nicht wahr sein", rief er laut aus und knallte das rote Büchlein auf den Boden.

Ohne gültigen Pass würde man nicht einfach umgehend ausgewiesen, sondern landete erst einmal im Gefängnis. Und dann liessen sich die Behörden Zeit, und es konnten Wochen ins Land gehen bis sich jemand um ihn kümmern würde.

„Dann eben zurück in die „Heimat", das würde auch eine Weile dauern, würde ihn viel Geld kosten, war aber der einfachste Weg zu einem gültigen Pass zu kommen. Er wollte nicht in der Botschaft nachfragen ob sie seinen Pass verlängern könnten. Wenn niemand wusste, wo er sich aufhielt, ging er damit auch Ärger aus dem Weg. Es gab genug Leute die sich gerne mit ihm unterhalten hätten.

Er würde zuerst ins Nachbarland reisen und von da in die Schweiz fliegen. Die Rückreise würde dann über ein weiteres Nachbarland erfolgen. Möglichst wenig Spuren hinterlassen, damit war er immer gut gefahren.

Er hob das Büchlein auf und begann zu packen.

Viel hatte er nicht zu verstauen und zwei Tage später sass er im Flugzeug, zurück in seine „Heimat", zurück in die Schweiz.

****

Um sich die Wartezeit zu verkürzen sass Herbi in seinem Lieblingslokal und dachte über seine nächsten Schritte nach. Warten war nicht seine Stärke.

„Hallo Herbi, lange nicht gesehen."

Sie setzte sich zu ihm an den Tisch unter den Platanen.

„Zwei Bier, grosse" rief sie dem Kellner zu der sich daraufhin umdrehte und im Haus verschwand.

„Ich habe lange nach dir gesucht, du bist nicht einfach zu finden."

Überrascht starrte der Mann die Besucherin an, dann leuchteten seine Augen auf.

Andrea!

Er fühlte sich um Jahre zurückversetzt.

„Ich glaube es nicht, du hier! Schön dich wieder zu sehen, es muss eine Ewigkeit her sein."

„Fast zehn Jahre, beim letzten Klassentreffen, auch hier im Platanenhof. Immer noch dein Stammlokal?"

„Ja, immer noch, wenn ich wieder mal hier bin. Bin viel unterwegs."

„Das habe ich gehört, du bist überall auf der Welt unterwegs. Aus welcher Ecke kommst du diesmal?"

„Du hast Glück mich hier zu finden, wenn mein Pass nicht abgelaufen wäre, hättest du mich in Südamerika suchen müssen".

„Ich weiss, und ich wusste auch, dass dein Pass abläuft".

Erstaunt und fragend schaute er sie an.

Lächelnd sagte sie, „frag nicht, ich wusste es eben."

„Immer noch dieselben Seilschaften wie früher?"

„Nicht dieselben, besser".

Einen Moment sassen sie sich schweigend gegenüber.

„Herbi du siehst aus wie ein Abenteurer."

„Und du bist immer noch so schön wie vor zwanzig Jahren."
Sein Blick sprach Bände.

„Immer noch der gleiche Charmeur, du hast dich nicht verändert."

Beide lachten und als der Kellner die beiden Biere brachte tranken sie auf ihr Wiedersehen, das Leben und die Liebe.

Herbi war der Prototyp des Abenteurers. Braun gebrannt, dunkle Haare, blaue Augen, kleine Furchen im Gesicht und Lachfältchen um die Augen. Beinahe zwei Meter gross und von kräftiger Statur. Jeans und ein offenes Leinenhemd. Ein Kerl wie aus einem Survival-Magazin.

„Ich habe dich gesucht, Herbi. Ich brauche deinen Rat und deine Erfahrung. Und nur du kannst mir helfen. Ich muss dir aber schon zu Beginn sagen, dass es kompliziert werden kann und es wohl auch wird."

Herbi schaute sie an. Ihre dunklen Locken zeigten ein paar kleine, graue Strähnen und ihre braunen Augen blickten nicht mehr so strahlend wie er es in Erinnerung hatte. Ihr schmales Gesicht wirkte blass und hart. Wo war das fröhliche und lustige junge Mädchen geblieben?

„Wenn ich kann, helfe ich dir gerne. Es kann aber noch etwas dauern, denn ich muss erst ein paar Dinge erledigen die keinen Aufschub dulden."

„Aber sag mir erst, wie ist es dir ergangen? Verheiratet?"

14

Herbi wartete gespannt auf die Antwort.

„Verheirate, ich heisse jetzt Walther."

Er spürte einen kleinen Stich ins Herz, konnte nichts dagegen tun.

„Kenne ich ihn?"

„Ich glaube nicht, oder hast du manchmal mit der Polizei zu tun?

„Nein, nicht hier in der Schweiz, hier bin ich ein braver Bürger, ein unbeschriebenes Blatt."

Herbi lachte leise und gab dem Kellner ein Zeichen.

„Ich habe Lust auf einen kühlen Weisswein, trinkst du ein Glas mit?"

„Wenn es ein Grauburgunder ist?"

Herbi bestellte den Wein und wandte sich dann wieder Andrea zu.

„Hast du Kinder"?

„Kinder? Nein. Und ich führe ein ganz normales Leben."

Forschend schaute er in ihr Gesicht, dann schüttelte er seinen Kopf.

„Wenn du ein normales Leben führen würdest, dann wärst du nicht hier und würdest mich nicht um Hilfe bitten.

Was also ist passiert?"

Lange schaute sie ihn an.

„Hast du denn Zeit? Es wird eine längere Geschichte."

„Für dich habe ich alle Zeit der Welt".

****

Als er endlich den neuen Pass erhalten hatte, kehrte mit dem ersten Flieger nach Südamerika zurück. Nun hätte es losgehen sollen. Doch seit Tagen wartete er auf eine Entscheidung. Er wollte los, doch noch immer hinderte ihn eine träge und korrupte Bürokratie. Und ohne eine amtlich beglaubigte Bewilligung, würde es ihm nicht möglich sein, weiter zu reisen.

Vor einem Jahr war das noch anders gewesen, doch es hatte sich in dieser Gegend viel verändert. Seit hier Rohdiamanten gefunden wurden, waren zahlreiche Abenteurer und Schatzsucher aufgetaucht die in das Gebiet reisen wollten.

Und sie alle brauchten dafür eine Genehmigung. Eine Genehmigung die sich die örtlichen Behörden teuer bezahlen liessen.

Doch was sollte er sich auch aufregen, es brauchte nur Geduld zu haben. Auch wenn das einer seiner Schwächen war.

„Schieb mir noch ein Bier herüber". Er lümmelte seit zwei Tagen in der Bar herum und hatte nichts anderes zu tun als zu warten.

Der Wirt stellte ein neues Glas unter den Zapfhahn und drückte den Hebel nach oben.

„He, nicht wieder so viel Schaum, ich bezahle für Bier und nicht für Luft".

Der Wirt brummte etwas vor sich hin, zog langsam den Hebel nach unten und kippte das Glas dem Zapfhahn entgegen.

„Wenn ich schon der einzige Gast in dieser Bude bin, dann.......".

Weiter kam er nicht, denn in seinem Rücken hörte er die niedrige Pendeltüre in den Scharnieren quietschen. Er drehte den Kopf und blickte zur Tür.

Es war dunkel in der heruntergekommenen Kaschemme und seine Augen mussten sich erst an die Helligkeit gewöhnen. Doch er sah nur einen Schatten gegen das grelle Sonnenlicht.

Er blinzelte. Es brachte nichts.

Dann nicht, dachte er und wandte sich wieder der Theke zu. Gerade rechtzeitig denn der Wirt schickte das Bier über den Tresen. Wenn er es nicht aufgefangen hätte, es wäre über die Theke hinaus geschossen und am Boden zerschellt.

„Ein Bier" hörte er eine tiefe Stimme neben sich und erneut drehte er den Kopf.

Der breitkrempige Hut liess das Gesicht des neuen Gastes nur Erahnen und sein schwarzes Hemd tat ein Übriges um den Eindruck eines Mannes zu vermitteln der nur in Ruhe sein Bier trinken wollte.

„Schick mir noch einen Mezcal herüber, oder besser zwei, für ihn auch einen." Er zeigte mit dem Daumen zur Seite, auf den neuen Gast ohne den Blick von den Flaschen zu nehmen die vor dem grossen Wandspiegel in Reih und Glied aufgestellt waren.

Den Inhalt der Meisten kannte er, hatte er in den letzten zwei Tagen kennen gelernt. Das Meiste war Fusel der im Hals kratzte und brannte. Er vermutete dass der Wirt die guten Tropfen selber trank.

Nach den zwei Tagen kannte er auch jeden Mückenschiss an den Wänden und der altersschwachen Musikbox konnte er nur noch kratzende und jaulende Töne entlocken.

Warten war anstrengend und ermüdend.

Der Wirt kann herüber und stellte die Schnäpse vor die beiden Männer. Sein rundes, bleiches Gesicht mit den dunklen Augen passte nicht so recht zu dem langen, schlaksigen Körper.

Wortlos drehte er sich um und ging wieder ans andere Ende der Bar. Auch er wollte seine Ruhe haben.

Die Männer hoben die kleinen Gläser und stürzten den Schnaps in einem Zug hinunter.

Hart stellten sie die Gläser auf die Theke zurück dass es knallte.

Wieder Schweigen. Nur der altersschwache Deckenventilator gab bei jeder Umdrehung ein Geräusch von sich, das durch Mark und Bein ging und kalte Schauer über den Rücken jagte. Es hörte sich an als würde mit einer Kreide über eine Schiefertafel gekratzt.

Schweigend tranken die Männer ihr Bier.

****

Vielleicht morgen, wenn die Papiere endlich bereit lagen. Er würde, wie so oft, das Büro des Bürgermeisters aufsuchen, sich nach den Bewilligungen erkundigen und wie immer, diskret ein paar Scheine über den blank polierten Schreibtisch schieben. Und wie immer würde der Beamte das Geld sehr schnell verschwinden lassen und ihm anschliessend höflich mitteilen, dass seine Bewilligung beim Bürgermeister zur Unterschrift bereit liege, sein Chef dringende Geschäfte in der Hauptstadt erledigen müsse und wahrscheinlich erst in der kommenden Woche wieder hier sein werde. Dann aber würde er das Gesuch umgehend bearbeiten.

So erging es ihm schon zum wiederholten Male.

Er hatte zwischendurch den Gedanken ohne die Papiere loszuziehen. Doch ohne Unterstützung durch eine zweite Person würde er wohl nicht weit kommen.

Er hatte keinen zweiten Mann. So liess er den Gedanken wieder fallen und hing weiter in diesem Kaff, in dieser Bar herum. Und trank.

****

„Ich bin der Partner den du suchst."

Der Fremde gab dem Wirt ein Zeichen und dieser beeilte sich zwei weitere Biere und zwei Mezcal zu bringen.

„Und ich brauche keine Genehmigung um durch die Pampa zu ziehen."

Der Fremde zog seinen Hut und legte ihn neben dem Bierglas auf den Tresen.

„Mein Name ist Dugin, Peter I. Dugin. Man nennt mich Peter."

„Herbert D. Focker, das D steht für Daniel, mich nennt man Herbi. Wofür steht das I.?"

„Steht für Ivan."

Beide tranken bedächtig ihr Bier.

„Und woher kommst du?" fragte Herbi.

„Ist das wichtig?"

„Möchte in etwa wissen mit wem ich es zu tun habe."

„Wenn's denn sein muss." Peter nahm erneut einen Schluck.

„Bin im Osten Deutschlands aufgewachsen, hiess damals noch DDR. Meine Familie ist in den Westen ausgewandert, auch wenn man dem damals anders sagte." Peter lachte leise.

„Dann bin ich rumgezogen und jetzt bin ich hier. Genügt das"?

„Genügt."

„Und wie bist du hier gelandet"? fragte Peter.

„Bin in der Schweiz aufgewachsen, ich habe Dieses und jenes gemacht, war für eine internationale Firma unterwegs. Wollte mich zur Ruhe setzen. War aber nichts für mich, zu langweilig.

Habe dann gehört hier soll was los sein." Herbi sah sich um.

„War wohl ein Irrtum."

Er winkte dem Barkeeper. „Noch zwei Bier"

Und an Peter gewandt, „und wohin wolltest du?"

„Wollte nur durchreisen, bis ich dich gesehen habe. Und da ich weiter nichts vorhabe....."

„Dann kannst du ja mitfahren, quer durch die Pampa. Es wird aber kein Spaziergang werden. Mit der Polizei, den Minengesellschaften und den Grossgrundbesitzern soll nicht gut Kirschen essen sein."

Peter grinste.

„Das macht es doch gerade interessant, sonst wäre es eine öde Nummer für Warmduscher und Muttersöhnchen."

„Deine Ausrüstung?"

„Sage mir, wohin die Reise geht und ich besorge das Notwendige."

„Wie ich sagte, mitten in die Pampa, da soll man reich werden können."

„Gold?"

„Diamanten."

„In der Pampa?"

„In der Pampa."

„Und wann geht es los?"

„Wenn du bereit bist."

„Morgen."

„Dann Morgen."

„Darauf trinken wir."

Sie kippten weitere Biere und Mezcal.

****

„Hat du genügend Schnaps mit?" fragte Peter.

„Reichen zwei Liter?"

„Ja, für den Anfang."

Peter legte seinen Seesack auf die Ladepritsche des Pickup.

„Eine Flasche brauche ich immer um Wunden zu desinfizieren, Feuer oder Fackeln zu entfachen."

„Was für eine Verschwendung." Peter warf seinen Rucksack auf die Pritsche und legte zwei Spaten, einen Vorschlaghammer und vier Holzpfähle dazu.

„Holzpfähle? Wofür denn", fragte Herbi.

„Man kann nie wissen", sagte Peter, „sind für vieles zu gebrauchen."

Dann stampfte er zur Beifahrertüre und riss sie auf.

„Mein Gewehr lege ich in der Kabine unter die Rückbank, soll nicht jeder gleich sehen."

„Gut, aber lass noch etwas Platz für meine beiden Knarren."

Herbi schloss die Ladepritsche und kam ebenfalls nach vorne.

Einen kurzen Augenblick hielt er inne.

„Gut, aber nach einer Stunde bist du daran."

Er schwang sich hinters Lenkrad und wartete bis Peter neben ihm sass und die Tür geschlossen hatte.

Er drehte den Zündschlüssel und der grosse Motor erwachte brüllend zum Leben.

Langsam rollte der Wagen vom Hof des heruntergekommenen Hotels.

Nach einer Stunde holpernder Fahrt über staubtrockene, ausgefahrene Schotterpisten hielt Herbi rechts an und stellte den Motor ab.

Langsam senkte sich der aufgewirbelte Staub. Herbi steckte sich, seine Gelenke knackten.

„Jetzt bist du an der Reihe, ich habe eine Stunde heruntergerissen, kein Schleck bei diesen Strassen, das kann ich dir sagen."

Sie stiegen beide aus, reckten sich und tauschten dann die Plätze.

Peter rückte den Sitz nach vorne, damit er mit seinen Füssen auch bis an die Pedalen reichte. Auch wenn die Beiden fast gleich gross waren, Herbis Beine waren länger.

„Dann wollen wir mal" sagte Peter, startete den Wagen und weiter ging die Reise.

„Kannst du mir mal die Flasche rüberschieben?" fragte Peter nach einer halben Stunde. „Fahren macht Durst und in dieser staubtrockenen Gegend erst recht."

Herbi packte die Wasserflasche, öffnete sie und reichte sie hinüber.

„Danke", sagte Peter und nahm einen kräftigen Schluck. „Bier wäre besser", grinste er dann und gab die Flasche zurück.

„Dann wären wir beide stockbesoffen, noch bevor wir ankommen", meinte Herbi und trank ebenfalls. „Na ja, schlecht ist es nicht, Wasser eben."

Nach zwei weiteren Fahrerwechseln näherten sie sich den Bergen, auf die sie die letzten Stunden zugefahren waren.

„Wirst sehen, das Erste was wir zu Gesicht bekommen werden, ist die Polizei."

Er sollte Recht behalten.

****

Als die ersten, halb verfallenen Hütten auftauchten, versperrte ein Schlagbaum die Strasse und die beiden Polizisten die sich in ihren schäbigen und schlecht sitzenden Uniformen gegen den Wagen gelehnt hatten, kamen nun gemächlich auf sie zu.

Beide hatten sie, wie zufällige, die Hand auf dem Pistolengriff liegen.

Herbi bremste ab und hielt vor dem Schlagbaum an.

Eilig kurbelten sie die Fenster herunter und legten dann die Hände, von aussen gut sichtbar, auf Lenkrad und Abdeckung.

Die beiden Uniformierten stellten sich links und rechts des Wagens auf, so, dass sie aus dem Schwenkbereich der Türen waren und ihnen keine Bewegung der Insassen entgehen konnte. Das Ganze zeugte von langjähriger Erfahrung.

Peter und Herbi wussten was nun kam. Er war immer das Gleiche Prozedere.

„Ausweise und Fahrzeugpapiere", sagte der Polizist zu Herbi.

Dieser griff langsam nach oben und holte die Papiere hinter der Sonnenblende hervor. Wortlos hielt er die Ausweise aus dem Fenster. Peter sass regungslos auf dem Beifahrersitz.

Der Beamte öffnete Pässe und Fahrzeugausweis und bei jedem Dokument griff er hinein und schob dann seine Hand diskret in die Hosentasche.

Herbi hatte wie immer in alle Dokument einen Fünfzigdollarschein gesteckt und hoffte nun, dass die Polizisten nicht ihr Gepäck sehen wollten. Dann wäre es noch teurer geworden.

Der Beamte gab Herbi die Papiere zurück und nickte seinem Kollegen zu. Dieser ging zum Schlagbaum hin und öffnet ihn langsam.

„Danke", sagte Herbi, startete den Wagen und langsam führen sie unter dem Schlagbaum durch.

„Das ging besser als erhofft", sagte nun Peter und war froh, seine Hände wieder von der Abdeckung nehmen zu können. „Bis in die Stadt sollten wir nun Ruhe haben."

„Bei diesen Wegelagerern weiss du nie. Wenn ihre Kasse leer ist, stehen sie wieder an der Strasse und du kannst zum Bettler werden, bevor der Tag um ist."

„Du hast recht, aber hoffen wir das Beste, und nun gib Gas, wir wollen doch bis zur Dämmerung dort sein."

Weiter ging es über die unbefestigten Strassen. Die ausgefahrenen Spuren wurden immer tiefer, ein Zeichen dafür, dass hier mehr Fahrzeuge unterwegs waren.

****

Die Sonne sank unaufhaltsam zum Horizont. Es waren nur noch wenige Augenblicke und sie würde für heute verschwinden. Die letzten Sonnenstrahlen warfen ihr Licht auf die roten Ziegeldächer der ersten Häuser und sie fuhren langsam in die Stadt hinein.

Öde und verlassen wirkten die ersten Gassen, doch als sie sich dem Zentrum näherten wurde es lebhafter und Scharen von Leuten, prächtig gekleidet, versperrten ihnen den Weg.

„Muss wohl eine Festtag sein, für irgendeinen Heiligen, von denen gibt es hier genug", brummte Peter und steuerte den Wagen an den Strassenrand. „Zeit eine Bleibe zu finden und dem Trubel aus dem Weg zu gehen".

„Das mit der Bleibe finde ich gut. Aber nachher sollten wir uns unter die Leute mischen und mitfeiern. Nie sind die Menschen gesprächiger, als wenn sie so gut drauf sind wie heute."

„Wenn sie genügend getrunken haben, das wolltest du doch sagen." Peters Stimmung war immer noch auf tiefem Niveau. Er war müde von der langen Fahrt und zudem hungrig und - er lechzte nach einem kühlen Bier.

„Fahr da vorne nach links, da sollte ein Gasthof sein, mit Innenhof, für unseren Wagen. Wenn wir das Auto an der Strasse stehen lassen, fehlt Morgen die Hälfte."

Peter brummte etwas vor sich hin, fuhr dann aber langsam weiter. Die Leute wichen zur Seite und er konnte in die Seitengasse einbiegen. Nach hundert Meter hatten sie das Hotel erreicht.

Die Fassaden in verblasstem blau, die hölzernen Balkongeländer und Verzierungen unter der rostigen Dachrinne waren zerbrochen oder fehlten ganz.

Die schmutzigen Fenster und das rostige Schild das im Wind hin und her schwang und quietschende Töne von sich gab, passten zum Eindruck einer heruntergekommenen Absteige.

Zum goldenen ..... konnte man von der Schrift auf dem Wirtshausschild noch entziffern. Das verblasste Bild hatte früher wohl ein Pferd oder Einhorn dargestellt.

Doch den Beiden war das recht. Erstens hatten sie nicht das Geld für eine Luxusherberge und zweitens wollten sie auch nicht unnötig auffallen.

Ein schäbiges Zimmer. Ein kleiner, wackliger Tisch, zwei Stühle, zwei Betten mit durchhängenden Matratzen und ein Schrank dem die Türe fehlte, das war die ganze Einrichtung.

Die grauen, fleckigen Wände liessen an wenigen Stellen noch die ursprüngliche Tapete erahnen. Der undefinierbare Boden war wohl ursprünglich ein Teppich gewesen. Zum Waschen standen eine Blechkanne und eine Blechschüssel auf dem kleinen Tisch. Die Toilette war hinterm Haus.

****

Nachdem die zwei ihr Gepäck verstaut hatten, machten sie sich auf in Richtung Zentrum. Ein grosses Bier und etwas zu essen, das war alles was sie wollten.

An der nächsten Strassenecke, noch ein ganzes Stück vom Zentrum entfernt, liessen sie sich auf der Veranda einer kleinen Kneipe nieder. Sie waren die einzigen Gäste und der Wirt froh, nicht nur Daumen drehen zu müssen.

Das Bier aus dem Fass war kühl und erfrischend – und löschte den ersten Durst.

Auf die Frage, was er zu Essen anbieten könne sagte er, er habe noch drei gefüllte Hühner im Ofen, diese sollten in etwa einer Viertelstunde gar sein. Dazu könne er Kartoffeln oder Maisbrot servieren.

„Dann zwei Hühner und Maisbrot, und noch zwei Bier", bestellte Peter und Herbi nickte zustimmend.

Der Wirt verschwand im Dunkel des Schankraumes um kurz darauf mit zwei frischgezapften Humpen wieder zu kommen.

Eine Viertelstunde später erschien er wieder und stellte zwei Hühner auf den Tisch. Goldbraun und knusprig gebraten verbreiteten sie einen betörenden Duft.

Peter und Herbi griffen zu, rissen einen Schenkel der Hühner ab und bissen genussvoll in das saftige Fleisch.

„Noch nie habe ich ein so gutes Huhn gegessen" sagte Herbi zwischen zwei Bissen.

„Du hast Recht, das Huhn ist besser als alles was ich bisher gegessen habe. Bin gespannt wie die Füllung schmeckt." Sagte es und zerteilte den Rumpf des Huhnes.

Mais, Karotten, rote Bohnen und Chilischoten, eine ungewöhnliche, aber schmackhafte Füllung die wunderbar mit dem saftigen Fleisch harmonierte.

Nach dem sie schweigend die Hühner verzehrt und dazu noch ein weiteres Bier getrunken hatten, lehnten sie sich zurück und Herbi zog eine Zigarillo aus seiner Brusttasche.

„Nach einem solchen Essen gibt es nichts besseres", meinte er, zündete die handgedrehte Zigarillo an und zog genüsslich daran.

„Da weiss ich etwas besseres" sagte Peter, drehte seinen Kopf in Richtung Schrankraum und auf sein Nicken hin, erschien der Wirt im Türrahmen.

„Zwei grosse Wodka mit Eis".

Der Wirt verschwand wieder und balancierte zwei, bis zum Rand gefüllte Gläsern auf einem zerbeulten Tablett an den Tisch. In der warmen Luft beschlugen die Gläser sofort.

Herbi legte seine Zigarillo zur Seite und griff nach dem Glas. Es war so kalt, dass er meinte seine Finger würden gefrieren.

„Guter Wirt, hat die Gläser im Eisschrank, der Mann versteht sein Metier".

Peter hatte grinsend zugesehen, packte sein Glas und hob es Herbi entgegen.

„Prost, auf unsere Gesundheit". Dann kippte er den ganzen Inhalt mit einem Mal.

Herbi starrte ihn ungläubig an.

„Nur Säufer trinken so, wahre Geniesser lassen sich Zeit". Er nahm einen kleinen Schluck und stellte das Glas wieder hin. Dann packte er wieder seine Zigarillo und paffte genüsslich weiter.

„Dein Wodka wird warm", brummte Peter und bestellte sich noch einen Drink. Diesmal kippte er ihn nicht in einem Mal.

„Wollen wir noch losziehen und versuchen Informationen zu bekommen, oder verschieben wir es auf Morgen."

„Heute sind die Leute gesprächig, Morgen nicht, denn dann sind sie verkatert und mürrisch und du erfährst gar nichts. Nein, wir müssen es schon heute Abend versuchen. Wenn du ausgetrunken hast und deine Zigarillo abgebrannt ist, können wir los. Ich geh mal zahlen". Peter stand auf und verschwand im Dunkeln der Kneipe.

****

Auf dem grossen Platz vor der Kirche feierten die Leute das alljährliche Fest zu Ehren des heiligen Nikolaus, dem Beschützer ihrer Stadt.

In farbenfrohen, edlen Kleidern vergnügten sie die Menschen beim Tanz. Eine grosse Musikkapelle in rotgoldenen Fantasieuniformen spielte laut auf. Nicht immer trafen die Musiker den richtigen Ton, aber dies kümmerte heute niemanden. Heute war der grösste Festtag des Jahres und den galt es zu geniessen.

Sie schlenderten am Rand des Platzes entlang, versuchten sich unter den Arkaden einen Weg zu bahnen.

An den Säulen hingen bunte Plakate die auf das heutige Fest hinwiesen, auf künftige Attraktionen und schon vergilbte Plakate zeugten von vergangenen Festen.

Unter all diesen entdeckte Herbi ein graues, verblasstes Plakat der Polizei auf dem ein gesuchter Verbrecher abgebildet war. Irgendwie kam ihm das Konterfei bekannt vor. Er drehte sich nach Peter um.

Dieser war ihm gefolgt und bemerkte Herbis Blick auf das alte Plakat. Er wusste was nun kam. Herbi schaute ihn fragend an und wartete.

„Ich war früher mal in der Gegend."

„Und? Noch aktuell?"

„Weiss nicht", Peter zog die Schultern hoch, „könnte sein".

Herbi blickte ihn prüfend an. „Was war?"

„Sind an einen Grossgrundbesitzer geraten". Wurde eine hässliche Sache. Für meinen Teil ist es erledigt."

„Und der Grossgrundbesitzer?"

„Lebt nicht mehr, hatte wohl zu viele Feinde."

„Hast du ihn...?"

„Nein, sie versuchten es nur mir in die Schuhe zu schieben weil ich ein Fremder war."

Herbi nickte und sie kämpften sich weiter durch die Menschenmenge.

„Da drüben sind gerade ein paar Plätze frei geworden" Und tatsächlich, an einer Bar unter den Arkaden klaffte eine Lücke.

„Zwei Bier", bestellte Herbi bei der dunkelhaarigen, vollbusigen Barmaid. Sie versuchte nicht ihre Doppel-D zu verstecken, sondern präsentierte sie in einem eng geschnürten Mieder.

„Endlich standen die Gläser mit dem kühlen Gerstensaft vor ihnen und als Peter danach greifen wollte, zersprang des Glas in tausend Stücke und das Bier spritzte über die Theke. Nur, wer den Umgang mit Schusswaffen gewohnt war, konnte den Schuss unter all dem Lärm der Feuerwerkskörper heraushören. Herbi und Peter kannten den Unterschied, die Gäste um sie herum reagierten nicht. Ein Wimpernschlag lag standen sie wie erstarrt am Tresen.

Dann sprangen sie hinter eine der Säulen welche die Arkaden trugen und sahen sich angespannt um. Auf dem Platz und unter den Arkaden ging das Fest weiter als wäre nichts geschehen.

Die Barmaid schaute auf Peter, dann senkte sie ihren Blick und starrte ungläubig auf ihr Mieder. Immer grösser breitete sich der rote Fleck darauf aus.

Dann hob sie wieder ihren Blick und schaute auf Peter. Ihre Lippen öffneten sich und ohne einen Laut von sich zu geben kippte sie nach hinten weg, verschwand hinter der Theke.

„Wir müssen sofort weg, die da drüben haben etwas bemerkt".

Peter zeigte auf zwei Polizisten die langsam näher kamen. Er packte Herbi am Arm und zerrte ihn in Richtung der nächsten Gasse.

„Nur nicht rennen, nur nicht auffallen", presste er durch seine geschlossenen Lippen."

Sie kämpften sich durch die fröhlich tanzende Menschenmenge und ein kurzer Blick zurück sagte ihnen, dass die Polizisten die Barfrau gefunden hatten.

Einer sprach in sein Funkgerät und der andere zückte seine Waffe. Er wollte hinter ihnen her, blieb aber schon nach wenigen Schritten in der Menschenmasse stecken.

„Und du hast gesagt es wäre vorbei"

„Dachte ich auch, lauf schneller"

Sie drängten sich durch die Leute und erreichten eine stille Gasse die zu ihrem Hotel führte.

Hinter ihnen hörten sie es knallen und als sie sich erschrocken umdrehten, sahen sie nur die bunten Lichter des Feuerwerkes.

„Dumm dass es die Polizei schon mitgekriegt hat", meinte Peter.

„Die haben uns bestimmt nicht erkannt", frohlockte Herbi."

Peter zerstörte seine Illusionen.

„Was meinst du wie viele Fremde heute in der Stadt sind. Sie werden uns schneller finden als uns lieb sein kann."

Herbi lehnte sich, noch ganz ausser Atem, an die nächste Hauswand.

„Du kannst einem Mut machen. Also wenn es Dir gegolten hat, dann war der Schütze ein Amateur, oder er hat absichtlich danebengeschossen."

Peter lehnte sich ebenfalls gegen die Wand.

„Es ist wohl das Beste, wenn wir aus der Gegen verschwinden".

Dann stiess er sich ab und ging er zielstrebig die Gasse hinunter.

Herbi lief hinterher.

„Und was wird aus der Schatzsuche? Soll ich mit leeren Händen zurückfahren? Du kannst ja gehen, von mir wollen die nichts".

Herbi war Peter gefolgt und schaute ihn vorwurfsvoll an. Er war sauer.

Peter sagte nichts dazu und so trotteten sie weiter in Richtung Hotel.

****

Am Ende der Gasse blieben sie stehen. Sie konnten die Absteige auf der anderen Strassenseite sehen.

Und auch die zwei Männer die anscheinend gelangweilt vor dem Hotel sassen. Auch wenn sie wie Landarbeiter gekleidet waren und die Hüte tief ins Gesicht gezogen hatten, zweifelte Peter keine Sekunde daran, dass diese beiden nur darauf warteten sie umzulegen. Ihre Jacken waren im Brustbereich auffällig ausgebeult und die langen Gegenstände auf dem Tisch, mit einem Tuch zugedeckt, mussten Gewehre sein die da griffbereit lagen.

„Kennst du die Typen" fragte Herbi.

„Nein, noch nie gesehen".

„Wenn wir Glück haben, steht auf der Rückseite keiner und wir kommen bis in unser Zimmer. Den Wagen können wir erst später holen, wenn sie weg sind. Was sagst du dazu? fragte Herbi.

„Könnte klappen, wenn sie merken dass unser Zimmer leer ist, doch der Wagen noch im Hof steht, bleiben sie ewig da sitzen. Hier ist keiner ohne Wagen unterwegs."

„Stimmt, du hast recht, daran habe ich nicht gedacht" meinte Herbi und fragte, „was schlägst du dann vor"?

„Wir tun nichts, wir warten bis es den beiden zu langweilig wird und sie gehen".

„Ich glaube nicht, dass sie gehen, sie wissen, dass wir zurückkommen um unsere Sachen zu holen, wohin sollten wir ohne unser Gepäck und den Wagen gehen können?"

„Du vergisst, dass ich schon mal in der Gegend war.

Wenn wir uns in den nächsten Stunden nicht blicken lassen, glauben sie wahrscheinlich, dass ich meine alten Kontakte noch habe und untergetaucht bin."

„Hast du noch Kontakte?" fragte Herbi neugierig.

„Nein, die sind alle tot, aber das wissen sie nicht und darum werden sie auch bald wieder verschwinden. Wir brauchen nur zu warten."

„Was meinst du, wie haben sie dich so schnell gefunden?"

„Wahrscheinlich sammelt der Wirt Steckbriefe und hat mich auf einem wiedererkannt, das hast du ja auch. Dann hat er die richtigen Leute abgerufen und das war's dann".

„Und wohin willst du, die werden dich doch überall suchen"? fragte Herbi.

„Du meinst uns. Sorry, aber sie werden dich jetzt für meinen Kumpel halten und genauso hinter dir her sein. Auch wenn du jetzt allein losziehst. Sie werden dir folgen und sei es auch nur um herauszufinden, wo ich bin. Entweder du verschwindest ganz aus der Gegend oder wir verschwinden hier gemeinsam.

„Das sind ja schöne Aussichten, du kannst einem richtig Mut machen. Ich bleibe nur, wenn die Möglichkeit besteht, mit der Schatzsuche weiter zu machen und dabei deinen Häschern zu entgehen." Herbi wirkte angespannt.

„Meinen Feinden zu entgehen ist möglich, habe ich schon einmal geschafft. Und wenn du mir sagst was du eigentlich finden willst und wo, kann ich dir auch sagen ob wir das hinkriegen oder nicht."

„Ich bin Schatzsucher und will in die Mondberge. Wo genau ich hin will werde ich dir nicht sagen, dazu kenne ich dich zu wenig. Vielleicht ist es doch besser, wenn sich unsere Wege trennen.

Ich könnte zur Polizei gehen und denen erklären, dass ich dich erst vor zwei Tagen kennengelernt habe und mit deiner Vergangenheit nichts zu tun habe."

Peter schaute Herbi mitleidig an.

„Das kannst du vergessen, das interessiert hier niemanden, für die gehören wir zusammen.

Ich habe dir doch schon gesagt, dass ich hier keine Kontakte mehr habe, dass diese Leute alle tot sind, was meinst du, warum das so ist."

„Du willst sagen die sind alle tot weil sie dich gekannt haben?"

Herbi starrte Peter ungläubig an.

„Jetzt hast du es begriffen. Es tut mir leid, dass du da hineingeraten bist, ich habe auch nicht damit gerechnet, nach so langer Zeit, aber da hilft nun alles nichts, wir müssen schnellstens verschwinden.

„Das muss ich erst mal verdauen. Ich wusste, dass es kein Spaziergang werden wird, aber so extrem habe ich es nicht erwartet. Sag mal. Von wie vielen Toten sprichst du?

Du könntest mehr darüber erzählen. Wenn ich schon meinen Kopf hinhalten muss, dann möchte ich auch wissen warum?"

„Erst mal weg von hier, suchen wir uns ein Lokal in das man von aussen nicht hineinsehen kann, dann erzähle ich dir die Geschichte."

Das Lokal war schnell gefunden und auch wenn es von aussen eher schäbig wirkte, innen war es sauber und gemütlich, die Bedienung freundlich und zurückhaltend und das Bier kühl. Sie setzen sich an einen kleinen Tisch in der Nähe des Einganges und nach dem ersten, kühlen Schluck begann Peter zu erzählen. Da sie sich in Deutsch unterhielten, war es unwahrscheinlich, dass sie hier jemand verstand.

„Zu Anfang waren für zu viert und kümmerten uns nur um unsere Geschäfte. Wir hatten einen Auftrag über den ich auch heute noch nichts sagen darf. Nur so viel, es war ein heisser Job. Alles lief nach Plan, bis wir dem Grossgrundbesitzer auf die Füsse traten. Es war nicht eingeplant, hatte aber weitreichende Konsequenzen.

Den Auftrag haben wir erledigt und es wäre besser gewesen wir wären sofort aus dem Land verschwunden. Wir haben nicht damit gerechnet, dass der Arm dieses Grossgrundbesitzers so weit reicht. Tausend Kilometer waren nicht genug.

„Was habt ihr denn verbrochen, dass er hinter euch her war?"

„Wir waren in einer Bar und haben Geburtstag gefeiert. Die Barfrau flirtete mit einem meiner Kameraden was einem anderen Gast gar nicht gefiel.

Er wurde eifersüchtig und die beiden gerieten in Streit. Der andere zückte ein Messer und ging auf meinen Kameraden los. Pech für ihn, denn wir haben alle eine Nahkampf - Ausbildung und der Andere fiel in sein eigenes Messer. Dumm nur, dass es ein Sohn des Grossgrundbesitzers war. Seit dem hat er uns gejagt.

Wie er uns gefunden hat weiss ich bis heute noch nicht. Vielleicht war Verrat im Spiel. Eine andere Erklärung habe ich nicht."

„Und du bist hier um das herauszufinden?"

„Ja, das war mein Plan. Ich dachte nach so langer Zeit fragt keiner mehr danach und ich sollte auch nicht erkannt werden. Ausser es schaut einer auf das dämliche, alte Plakat."

„Und die anderen drei sind alle tot?

„Zwei habe ich sterben sehen, der Vierte ist verschwunden, nicht mehr zu finden. Und auch an unseren alten Treffpunkten ist sie nicht wieder aufgetaucht."

„Sie? Also eine Frau?"

„Ja, eine Frau, das war bei uns normal."

Peter bestellte noch zwei Bier und als sich die Bedienung zurückgezogen hatte, erzählte er weiter.

„Auch gemeinsame Freunde haben nichts von ihr gehört. Sie ist spurlos verschwunden. Geschieht hier öfter wenn man den falschen Leuten in die Quere kommt."

„Und was nun? Jetzt sind die Killer hinter uns her und auch die Polizei wird uns nicht in Ruhe lassen. Wahrscheinlich sind schon überall Strassensperren aufgebaut und wir sitzen in der Falle. Oder willst du zu Fuss weiter."

„Wir kommen da heraus. Ich habe dir doch gesagt, dass ich schon mal hier war. Ich kenne die Gegend gut und weiss einen Weg an unseren Häschern vorbei. Wir werden unter ihrer Nase verschwinden"

Peter lachte auf und prostete Herbi zu.

„Auf unsere erfolgreiche Abreise aus diesem schönen und erholsamen Kurort."

Herbi grinste und hob ebenfalls sein Glas.

„Auf Alles was noch kommt. Was uns nicht umbringt macht uns stark."

Eine Weile noch blieben sie im Lokal sitzen, tranken noch ein paar Gläser und Assen dazu schmackhafte Tortillas.

„Lass uns zurückgehen um zu schauen ob die Kerle noch da sind." Herbi stand auf und ging an die Theke um die Rechnung zu begleichen.

****

In der Zwischenzeit war es Nacht geworden und die Gassen von nur wenigen alten Lampen in ein schummriges Licht getaucht. Vorsichtig näherten sie sich der Herberge und hatten Mühe in der Dunkelheit etwas zu erkennen.

Die Männer hätten sich im Dunkeln einer Nische verbergen oder sie hätten sich im Innern der Herberge aufhalten können. So beschlossen sie erst mal zu warten und schauten sich angespannt um. Nach einer Weile schlich sich Herbi zur Herberge und schaute durch ein Fenster hinein. Der Besitzer sass an einem der Holztische und las die Zeitung. Vor ihm stand ein grosses Glas Bier. Sonst war niemand zu sehen, die Männer waren verschwunden. Er winkte Peter zu sich.

„Ausser dem Alten ist niemand zu sehen. Wir nehmen besser den Hintereingang. Der Wirt muss uns nicht unbedingt sehen und wenn wir es geschickt anstellen, bemerkt er uns erst, wenn wir wegfahren."

Durch die Hintertür schlichen sie sich in ihr Zimmer. Sie packten ihre Ausrüstung zusammen und legten einige ihrer besten Kleider auf das Bett, so, dass der Wirt glauben musste sie würden wieder kommen.

Dann schlichen sie sich aus dem Haus und stiegen in ihren Wagen. Im Schritttempo fuhren sie aus dem Innenhof, bereit sofort aufs Gaspedal zu treten, sollten sich irgendwelche Leute für sie interessieren. Niemand beachtete sie und auch dem Wirt schien ihre Abreise zu entgehen.

„Jetzt aber aufs Gas getreten, sonst rennt uns noch einer hinterher weil wir die Zeche geprellt haben", grinste Peter und Herbi trat aufs Pedal.

„So schlimm ist die Zechprellerei nicht, das Bett war von der übelsten Sorte, eine Frechheit dafür auch noch Geld zu verlangen."

Herbi lachte laut heraus. Ein befreiendes Lachen.

„Und nun musste du mir sagen wohin ich fahren soll."

„Die übernächste Gasse links hinein und dann die nächste rechts.

Dann geht es durchs Bachbett und über ein paar unscheinbare und überaus holperige Feldwege. Da fährt die Polizei nie durch, ist denen zu ungemütlich. Glück für uns."

Herbi lenkte durch die engen Gassen.

Die Sicht war schlecht weil die Scheinwerfer schmutzig geworden waren und nun kurvte er im Blindflug, aber mit viel Schwung, durch das ausgetrocknete Bachbett. Anschliessend schwenkte er auf den nächsten Feldweg ein.

„Ich verstehe die Polizei, das kann man ja schlecht Weg nennen, das ist eher ein Kartoffelacker".

„Besser als unseren Häschern eine Verfolgungsjagd zu liefern. So können wir es ruhiger angehen lassen." Peter steckte seine Glieder aus, dass es knackte.

„Wenn du schon so entspannt bist, dann kannst du doch fahren und ich pflege in der Zwischenzeit meinen zerschlagenen Rücken".

Sie tauschten die Plätze und nach einem wilden Ritt über Stock und Stein gelangten sie auf eine bessere Piste.

Nun kamen sie auch zügiger voran.

„Und du bist sicher, dass dies der richtige Weg ist?", fragte Herbi, „wenn ich nach vorne schaue dann sehe ich viele schwarze Wolken und wir fahren genau darauf zu."

„Das kann nur gut sein", meinte Peter und drehte seelenruhig am Lenkrad.

Die Strasse wurde kurviger und stieg langsam an.

Peter schaute auf die schwarzen Wolken die schnell näher kamen.

„Bevor es anfängt zu schütten müssen wir uns einen geeigneten Platz suchen um den Wagen zu parkieren. Wenn es hier regnet, und das hat es schon lange nicht mehr, darum ist der Boden auch so ausgetrocknet und hart, dann giesst es wie aus Kübeln und die Strasse kann zu einem Wildbach werden. Wir suchen also einen Platz der nicht überschwemmt werden kann und wo wir vor möglichen Geröll-Lawinen sicher sind. Denn die gibt es hier auch."

„Du hast wirklich die Ruhe weg, sag mir wonach ich Ausschau halten soll."

„Am besten ist es wenn .... dort drüben, da ist der ideale Platz." Peter verliess die Strasse und steuerte den Wagen eine kleine, felsige Anhöhe hinauf.

„Hier sind wir weg von der Strasse und auf dem Fels müssen wir nicht damit rechnen, dass uns der Hang unter dem Arsch weggeschwemmt wird."

Es reichte noch für eine Zigarette im Freien, dann begann es urplötzlich sintflutartig zu regen. Der Regen prasselte so laut auf das Dach, das sie schreien mussten um sich zu verständigen.

„Bleib vom Metall weg, es ist möglich dass der Blitz einschlägt und dann siehst du alt aus."

Herbi zog seine Hände und Arme zurück.

„Worauf habe ich mich da nur eingelassen", der Lärm übertönte seine Worte.

Und so schnell wie es gekommen, war das Unwetter auch wieder vorbei.

„Dumm dass es ganz aufgehört hat zu schütten, wir könnten jetzt einen leichten Regen brauchen, mindestens während den nächsten Stunden."

„Kaum ist es trocken hast du wieder etwas zu meckern. Sei doch froh dass es vorbei ist, nun können wir weiterfahren."

„Mein lieber Herbi, ich möchte nicht den Anschein erwecken, dass ich schon wieder am jammern bin". Peter sprach mit ruhiger, salbungsvoller Stimme. „Nur wenn wir jetzt weiterfahren werden wir leider Spuren hinterlassen denen andere folgen können. Würde der Himmel noch ein bisschen Regen fallen lassen, könnten wir die Hoffnung hegen, unsere Spuren würden vom Wasser weggeschwemmt. Dies ist der einzige Grund warum ich noch etwas Regen erhofft habe.

Und bevor Herbi noch etwas sagen konnte, setzte erneut Regen ein.

Der Himmel hatte Peters Wunsch erhört und dieser sass nun hinter dem Lenkrad und hatte ein überirdisches, verklärtes Lächeln aufgesetzt.

Und tatsächlich, der Regen schwemmte ihre Reifenspuren weg. Fürs Erste waren sie sicher, waren sie ihre Verfolger losgeworden.

„Es ist Zeit dass wir einen Unterschlupf finden, langsam werde ich müde. Fahren bei Nacht und Regen ist kein Vergnügen. Ich kenne in der Nähe eine Höhle die für uns gross genug ist. Sie ist von der Strasse aus nicht zu sehen und da können wir uns aufs Ohr hauen. Einverstanden?"

„Wenn's trocken ist und wir unsere Ruhe haben bin ich mit allem einverstanden", gähnte Herbi und reckte seine Arme aus.

****

Als sich Herbi am folgenden Morgen in der geräumigen Höhle umsah, bemerkte er, dass der Schlafsack von Peter leer war. „Muss ein Frühaufsteher sein", dachte er und schälte sich ebenfalls aus seinem Schlafsack.

Er streckte und reckte sich um die Lebensgeister zu wecken und schlenderte dann aus der Höhle.

Unweit davon sah er Peter nackt an einem kleinen Bach sitzen, die Füssen im Wasser. Grinsend ging er zu ihm hin.

„Du musst nur achtgeben, dass dich hier keine hübschen Señoritas finden, sonst ist es mit der Ruhe vorbei."

„Das wird nicht geschehen. Hier hin kommt niemand und wenn du noch etwas von dem kühlen Wasser geniessen willst, musst du dich beeilen, in einer halben Stunde ist der Bach wieder trocken wie die Sahara."

„Das sagst du erst jetzt? Wir sollten unsere Wasservorräte auffüllen."

Herbi wollte zum Wagen laufen.

„Langsam, mein Freund, das habe ich längst getan. Du hast es einfach verschlafen. Komm und stecke deine Füsse ins Wasser, es ist herrlich."

Herbi zog seine Stiefel aus und versenkte seine Füsse im kühlen Nass.

„Wo hast du Deutsch gelernt? Bestimmt nicht in der russischen Armee."

Herbi deutete auf Peters Tattoo. Auf seinem linken Oberarm hatte er eine Schlange eintätowiert die sich in einem Kreis um ein keltisches Kreuz schlang.

„Bist du immer so neugierig?"

„Nur wenn ich wissen will, mit wem ich unterwegs bin. Vielleicht kann ich dann besser abschätzen was noch auf mich zukommt."

Peter schwieg lange.

„Deutsch habe ich in Leipzig gelernt. So wie meine Kameraden auch."

„Deine Partner?"

„Ja." Wieder schwieg Peter. Herbi sass neben ihm und schaute wie der Bach zu seinen Füssen langsam versiegte.

„Wenn du willst, helfe ich dir bei der Suche nach deiner verschwundenen Kameradin."

„Ich weiss nicht ob sie noch lebt. Und es ist ein grosses Land, vielleicht zu gross um sie zu finden. Kann auch sein, dass sie nicht gefunden werden will."

„Vergiss nicht, auch wenn sie sich dem Leben hier angepasst hat, sie wird immer als Ausländerin auffallen. Das siehst du doch bei uns beiden. So könnten wir sie finden."

Peter sass schweigend am ausgetrockneten Bach.

„Du willst in die Mondberge zur Schatzsuche? Und das soll ich dir glauben?" Peter drehte sich zu Herbi um.

„Ich kenne die Berge, da oben gibt es nichts, keine Minen, keine Schätze, nur Steine – und Banden die von Kokainschmuggel und Erpressung leben. Und zu dehnen willst du gehen?"

Herbi schaute Peter ruhig in die Augen.

„Du hast Recht, da oben gibt es nichts was sich lohnen würde und es war auch nie mein Ziel."

„Und was ist dein Ziel?" Hinter sich hörte Peter das metallische Klicken von Gewehrverschlüssen. Ruhig blieb er sitzen.

„Das also ist dein Ziel?"

Herbi schaute Peter noch immer ruhig in die Augen.

„Meine Aufgabe war vier Auftragsmörder zu finden und ihrer gerechten Strafe zu zuführen. Zwei sind schon tot, eine in den Händen einer Bande in den Bergen und der Vierte bist du.

Dumm nur, dass du jetzt so nackt und hilflos den Menschen ausgeliefert bist, deren Existenz und Leben ihr zerstört habt."

„Bist du so sicher, dass ich daran beteiligt war?"

„Wir haben den Land Rover gefunden."

„Das heisst noch nichts."

„Die Spezialvorrichtung war noch fest montiert. Es hat eine Weile gedauert bis ich begriffen habe wie es funktioniert.

Ich hätte nie gedacht, dass man Projektile aus Eis so präzis und auf so grosse Distanzen Schiessen kann. Genial wie ihr es geschafft habt, bei diesem Klima das Wasser so schnell gefrieren zu lassen. Ich vermute, dass ihr das Eis mit Nervengift versetzt habt.

Darum starben die Opfer so schnell und deshalb sah es immer so aus als wäre es ein Herzinfarkt gewesen."

„Was geschieht mit dem Apparat? Du willst ihn doch nicht denen überlassen?"

Peter drehte leicht den Kopf nach hinten.

„Nein, die Maschine habe ich auseinandergenommen und sie ist nun auf dem Weg zu meinem Auftraggeber. Was der damit macht ist seine Sache. Hier wird es keinen Mord mehr damit geben."

„Es scheint als hätten wir die Kanone mehr einsetzten sollen, dann wären wir vielleicht davon gekommen."

„Was dir nun bestimmt nicht mehr gelingen wird."

Herbi schaute auf die Männer hinter Peter. Die entschlossenen Gesichter und die schussbereiten Gewehre liessen keinen Zweifel aufkommen. Wenn nötig würden sie sofort Schiessen.

Peter drehte sich nicht um, sondern blieb ruhig sitzen. Er wusste wenn er verloren hatte.

„Und die haben dich angeheuert? Die können dir keinen einzigen Peso zahlen und du machst das bestimmt nicht aus Nächstenliebe."

„Diese Leute sind nicht meine Auftraggeber, sie sind nur Opfer, so wie andere Menschen auf dieser Welt. Auch sie waren im Weg und mussten weg. Und dafür habt ihr gesorgt, an vielen Orten, - an zu vielen Orten."

„Wie hast du erfahren wo wir sind?"

„Wie mein Auftraggeber euch gefunden hat, weiss ich nicht. Ich erfuhr nur, wer ihr seid und wo ich euch finden kann und das habe ich. Zu mindestens noch zwei von euch.

Euer Fehler war, dass ihr nicht regelmässig das Fahrzeug gewechselt habt. Ihr seid am Ende deshalb aufgefallen.

„Und wie hast du mich gefunden?

Wenn ich nun nicht in die Bar gekommen wäre?"

„Ich wusste, wo du bist und wusste auch, dass du in der Bar auftauchen wirst, es war nur eine Frage der Zeit".

„Und die hier?"

Peter deutete auf die Männer hinter sich.

„Die hatten keine Mühe uns zu folgen, mit einem Peilsender ist das keine allzu schwierige Aufgabe."

Herbi stand langsam auf und schaute auf Peter hinunter.

„Dein Pech ist, das jemand herausgefunden hat, wer ihr seid und für wen ihr arbeitet.

Die Suche nach euch und den Drahtziehern hat lange gedauert. Nun sind auch deine Auftraggeber bekannt und auch sie werden zur Rechenschaft gezogen."

Peter sass immer noch regungslos da.

„Du wirst bald Besuch aus den Mondbergen bekommen. Deine Kameradin lebt noch und ist auf dem Weg hierher.

Hat nicht mal Lösegeld gekostet. Das wollten sie nicht. Sie wollen etwas anderes."

„Du weisst, dass sie uns umbringen werden".

„Darauf habe ich keinen Einfluss. Sie haben gesagt, dass sie für Gerechtigkeit sorgen werden. Sie werden euch den Prozess machen. Und das ist mehr als ihr ihnen zugestanden habt."

Herbi zog seine Stiefel an.

„Du entschuldigst mich, ich muss weiter, ich habe von einem kleinen Diamantenfeld gehört und wenn ich schon mal in der Gegend bin, kann ich mich ja mal umschauen."

Er ging an Peter vorbei auf die Höhle zu und schaute nicht mehr zurück.

Sein Job war erledigt und er konnte sich endlich wieder auf Schatzsuche begeben. Hoffentlich würde ihm die Polizei keinen Strich durch die Rechnung machen.

Er hatte noch immer keine Erlaubnis sich in dieser Gegend aufzuhalten und er konnte sich schöneres vorstellen als hier im Gefängnis zu verrotten.

Doch das war sein Risiko.

England

Lord Hermstead hatte einen geregelten Tagesablauf. Seit Jahren. Und er hasste es, wenn er den gewohnten Ablauf ändern musste. Vor allem, wenn er darauf keinen Einfluss nehmen konnte, wenn er ihm von aussen aufgezwungen wurde.

Seit nun schon zwei Wochen stoppte ihn die Ampel an der Baustelle auf seinem Weg nach Hause.

Seit zwei Wochen wurde an der Strasse gebaut, ohne dass er grosse Fortschritte ausmachen konnte.

Dazu kam, dass die Ampel jedes Mal auf Rot stand wenn er bei der Baustelle ankam. Noch nie stand sie auf Grün. Jedes Mal musste er anhalten.

Zuerst hatte er sich masslos aufgeregt.

„Was soll das denn, schon wieder rot, die haben etwas gegen mich und mit dem ganzen Mist hier verschleudern sie meine Steuergelder. Können die Idioten nicht in der Nacht arbeiten, wenn rechtschaffene Leute im Bett liegen und nicht auf der Strasse herumfahren?"

Erst wollte er bei der Strassenbaufirma seinen Frust loswerden, dann beim zuständigen Amt und dann dachte er daran die Angelegenheit direkt mit dem Verkehrsmister zu besprechen, gehörten sie doch beide demselben Club an.

Doch dann sah er ein, dass dies zwecklos sein würde und es auch für ihn keine Ausnahme gab. Zumal die schmale und kurvenreiche Strasse welche an seinem Anwesen vorbeiführte, nur von wenigen Autos befahren wurde.

So hatte er es sich angewöhnt, am Signal anzuhalten, den Motor auszuschalten und in der Times zu lesen.

Zwischendurch sah er auf um die Farbe der Ampel zu sehen, oder er wurde vom hinteren Fahrer mit einem Hupsignal auf die Grünphase aufmerksam gemacht, was aber sehr selten geschah.

Zwischendurch kam ihm der Gedanke einfach bei Rot weiterzufahren, aber die Strasse war eng, unübersichtlich und machte vor einer alten Hausmauer eine scharfe Kurve. Dazu hatte die Strasse an dieser Stelle ein erhebliches Gefälle.

Wahlweise wurde die rechte oder die linke Strassenseite gesperrt, so dass er von der einen auf die andere Seite lenken musste. Die Strasse war sehr unübersichtlich und ein entgegenkommendes Auto erst im letzten Augenblick erkennbar. Also doch warten.

So auch an diesem Abend, einem Mittwochabend.

Pünktlich hielt er an der Ampel und stellte den Motor ab. Er goss wie aus Kübeln und die Scheibenwischer hatten Mühe das Wasser wegzufegen. Bei diesem miesen Wetter war keiner draussen der nicht unbedingt musste und so wunderte er sich, dass ein Arbeiter auf der Baustelle war.

Eingepackt in einen grauen Regenanzug, den Hut tief ins Gesicht gezogen, lief er die aufgerissene Strassenhälfte entlang an ihm vorbei. Hätte er nicht die leuchtend gelbe Warnweste getragen, er wäre im Grau des Regens verschwunden.

„Armes Schwein, bei diesem Wetter und dann noch nach Feierabend."

Er schüttelte den Kopf und vertiefte sich wieder in die Zeitung. Als er erneut hoch blickte sprang die Ampel auf Grün. Er startete den Motor und fuhr langsam los. Noch immer goss es in Strömen. Nach rund fünfzig Meter kam der erste Strassenwechsel.

„Schon wieder eine andere Verkehrsführung. Es war jeden Tag verschieden, so schien es ihm.

Kurz vor der alten Hausmauer und der scharfen Kurve hörte er es plötzlich knallen und scheppern und er meinte einen kleinen Schlag gegen sein Auto gespürt zu haben. Er trat heftig auf die Bremse. Er schaute angestrengt durch die Windschutzscheibe und sah vor seinem Wagen eine Schubkarre liegen.

„Die muss ich wohl erwischt haben. Welcher Idiot lässt auch so ein Ding auf der Strasse rumstehen.

Wenn das wieder eine Beule gegeben hat wird es wieder teuer. Aber diesmal muss die Versicherung der Baufirma zahlen", sagte er laut zu sich. Der letzte Schaden an seinem RTV Tuscan V8 von 1967, von dem nur gerade mal achtundfünfzig Stück gebaut worden waren, hatte mehrere tausend Pfund gekostet. Der Oldtimer wurde damals in aufwendiger Handarbeit repariert.

„Nicht schon wieder", seufzte er und überlegte ob er aussteigen sollte.

Hinter ihm wartete kein weiterer Wagen und auch von Gegenverkehr war nichts zu sehen. So beschloss er noch abzuwarten und stellte den Motor ab.

„Irgendwann wird der Regen schon nachlassen."

Und aus Gewohnheit griff er nach der Zeitung nur um festzustellen, dass es zu dunkel war um zu lesen.

„Dann eben nicht". Er faltete die Zeitung zusammen und er lehnte sich im Sitz zurück.

Zwischen dem Donnerrollen meinte er ein anderes Grollen zu hören, konnte das Geräusch aber nicht zuordnen.

Plötzlich erhielt sein Wagen von hinten einen kräftigen Stoss und das Auto wurde nach vorne gestossen.

Die alte Hausmauer vor ihm kam immer schneller und schneller auf ihn zu. Gehetzt schaute er sich um, er begriff nicht was geschah. Immer rasanter wurde die Fahrt. Verzweifelte drückte er das Bremspedal durch. - Nichts.

Panisch vor Angst versuchte er die Tür zu öffnen um hinaus zu springen, aber die Sicherheitsgurte hinderten ihn daran. Die waren ursprünglich nicht darin gewesen. Die hatte er sie erst neulich einbauen lassen. Zu seiner Sicherheit. Bei einem Unfall.

Die Wand kam immer näher. Ein greller Blitz erleuchtete die gespenstische Szene. Dann spürte er einen harten Schlag gegen seinen Rücken und er würde nach vorne gedrückt. Die Motorhaube faltete sich vor seinen Augen, die Windschutzscheibe zersprang in tausend Stücke und dann bohrte sich die Lenksäule in seine Brust.

Als die Strassenwalze in der Hauswand krachte, war von Lord Hermstead's Wagen nicht mehr viel übrig.

Southfolk

Die Sonne goss ihr goldenes Licht über das alte Gemäuer und den gepflegten, englischen Garten. Preston Hart trat aus dem Haus und blinzelte in die Sonne.

Er kniff die Augen zu, tastete nach seiner Sonnenbrille, setzte sie auf und schaute sich um.

Er hatte es geschafft. In ärmlichen Verhältnissen in einer Arbeitersiedlung am Rande von Liverpool aufgewachsen, hatte er nur den einen Wunsch gehabt, dort heraus zu kommen und es bis nach oben zu schaffen, egal was es koste. Und es ging nach oben.

Unwichtig wen es traf, wer dabei auf der Strecke blieb, solange es ihm nutzte, er davon profitieren konnte.

Er kannte keine Rücksichtnahme, ging über Leichen. Mit zwanzig hatte er seine erste Million ergaunert indem er mit dubiosen Individuen Waffen handelt, Rauschgift vertrieb und Kredite zu Wucherzinsen vermittelte. Als der grosse Boss der Unterwelt unvermittelt starb übernahm er die Firma und expandierte bald in alle grossen Städte des Landes. „Jeder dem es nicht passt kann gehen." Die Meisten kuschten vor ihrem neuen Boss, fürchteten ihn.

Für spezielle Fälle engagierte er im ehemaligen Ostblock Mitarbeiter welche weltweit ihre Aufgaben erledigten. Diese Truppe arbeitete unauffällig und effizient, war verschwiegen und so gut organisiert, dass er ihr bei der Ausführung weitestgehend freie Hand lassen konnte.

Im Gegensatz dazu musste er bei seinen Leuten in England immer damit rechnen in Schwierigkeiten zu geraten und seine Anwälte waren ausreichend beschäftigt.

Er begann Firmenkredite aufzukaufen, forderte dann das Geld kurzfristig zurück und übernahm so die zahlungsunfähigen Firmen zu einem Spottpreis.

Sein Einfluss und sein Vermögen wuchsen unaufhaltsam.

So blieben die Kontakte mit den Reichsten des Landes nicht aus und da er angenehme Umgangsformen an den Tag legte und bei Menschen die ihn nicht näher kannten als ruhiger und zurückhaltender Mensch galt, standen im bald alle Türen offen.

Er zog sich von seinen ersten Unternehmungen zurück und behielt nur noch die seriösen Firmen.

Sein Vermögen erlaubte es ihm, Aktien renommierter Firmen zu erwerben und er wurde bald in die Verwaltungsräte bekannter Konzerne berufen. Geld und Macht, nur das zählte für ihn. Und er machte sich dadurch nicht nur Freunde.

Da er nun als seriöser Geschäftsmann galt, legte er auch seine Scheu vor der Presse ab, lies sich mit Politikern und Prominenten ablichten und lächelte an Wohltätigkeitsveranstaltungen in die Kamera. Seine Bekanntheit wuchs mit jedem Tag.

Sein Vater, ein rechtschaffener Mann der zuerst für seine Kinder und seine Frau schaute und dann erst an sich selbst dachte, war mit dem Lebenswandel seines Sohnes nicht einverstanden. Er, der sich um die Sorgen und Nöte seiner Nachbarn kümmerte, die Arbeitskollegen unterstützte und sich in der Gewerkschaft der Stahlarbeiter engagierte, dem waren solche Menschen äusserst zuwider und er kämpfte gegen sie so gut er konnte.

Preston aber war für ihn gestorben und die Familie hörte jahrelang nichts von ihm.

Als der Vater sein Bild in der Zeitung sah, wusste er was aus seinem Sohn geworden war. Alles was er jahrelang bekämpft hatte. Und er war nicht stolz auf ihn.

Damals war Preston schon fast ganz oben abgekommen, in den „oberen Zehntausend", im Geldadel – und sein Vater wusste wie er es geschafft hatte. Wie alle, die so schnell von ganz unten nach ganz oben gekommen waren.

Er hatte bei seinem Engagement in der Gewerkschaft genügend von ihnen kennengelernt. Auf ihre Bekanntschaft konnte er gut verzichten.

Hart schlendert über den gekiesten Vorplatz vor den alten Familiensitz eines verarmten Land Lords, von dem er das Anwesen zu einem Spottpreis erworben hatte weil dieser seine Hypotheken nicht mehr bedienen konnte. Seit dem siebzehnten Jahrhundert war das Haus in Familienbesitz gewesen, - nun gehört es Preston Hart.

Sein Blick ging über den streng geometrischen Garten, hin zu den Stallungen links des Herrenhauses, in denen zwanzig reinrassige Pferde standen, die er bei nationalen Flachrennen an den Start schickte. Für ihn, der sich selber nichts aus Pferden machte, ging es nur ums Prestige, ums dazugehören. Pferde waren für ihn nur Statussymbol, Mittel zum Zweck.

Doch er wandte sich nach rechts, ging hinüber zur ehemaligen Wagenremise in der die modernen Kutschen standen. Auch hier waren die Statussymbole in der Überzahl.

Er ging vorbei an einem silbernen Rolls Royce Phantom, einem grauen Bentley Continental GT V8, an Oldtimern wie dem Wolseley Wasp von 1936 in braun, dem schwarzen Lagonda Rapier Typ 10 von 1934, dem dunkelgrauen Alvis von 1946, sowie einem Jaguar E-Type in Rot. Am Ende der Remise stand sein Traumwagen. Ein McLaren MP4 12C mit 625 PS.

Tief geduckt wie ein Raubtier stand der weisse Rennwagen zwischen zwei schwarzen, offenen Pferdekutschen aus längst vergangenen Zeiten, die er als Kontrast zu dem McLaren hier platziert hatte.

Er liess sich in den tiefen, bequemen, auf seine Masse angepassten Ledersitz sinken und verharrte für einen kurzen Moment.

Tief atmete er durch. Dies war für ihn immer ein spezieller Moment. Die Ruhe vor dem Sturm, wie er es nannte.

Er steckte den Schlüssel ein und drückte den roten Startknopf.

Mit leisem Blubbern erwachte der Motor in seinem Rücken.

Mit der Wippe am Lenkrad legte er den ersten Gang ein, drückte sachte auf das Gaspedal und langsam rollte der Wagen über den alten, aus Holzklötzen gelegten Boden, aus der grossen Wagenremise hinaus.

Der Kies knirschte leise als er über den Vorplatz fuhr.

Wie jeden Sonntagmorgen, kurz nach Sonnenaufgang, wenn die Strassen noch leer waren, die braven Leute noch im Bett lagen, war seine Zeit gekommen, dann konnte er seiner grossen Leidenschaft frönen.

Sanft beschleunigte er und der Motor ging von Blubbern in leises Schnurren über. Langsam rollte der Wagen die lange, von uralten Eichen gesäumte Zufahrt hinunter. Das grosse, schmiedeeiserne Tor öffnete sich. Lautlos schwenkten die mächtigen Flügel zur Seite. Erst als er auf die schmale Landstrasse einbog beschleunigte er den Wagen. Noch musste er sich gedulden, denn noch hatte der Motor seine Betriebstemperatur nicht erreicht.

Seit seiner Kindheit hatte er davon geträumt mit einem exklusiven Sportwagen über die Landstrassen Englands zu fahren und dieser Traum war in Erfüllung gegangen.

Vorbei an saftigen, grünen Wiesen, kleinen Mauern aus Bruchsteinen welche die Kartoffelfelder begrenzten und vorbei an sanft geschwungenen Hügeln, schlängelt sich die Strasse durch Southfolk.

Die Temperaturanzeige immer im Blickwinkel beschleunigte er weiter und hatte die zulässige Höchstgeschwindigkeit auf Landstrassen längst erreicht.

Er kannte die Strasse, jede Kurve, jede Unebenheit der Fahrbahn, wusste, wo er die Geschwindigkeit zu drosseln hatte, wo er beschleunigen konnte. Er kam sich vor wie ein Rennfahrer der seinen Rundkurs wie im Schlaf beherrschte.

Endlich hatte der Motor seine Betriebstemperatur erreicht und er drückte das Gaspedal nach unten.

In seinem Rücken erwachte der Motor. Er fauchte auf wie eine Raubkatze und ging dann in wütendes Donnern über.

Musik in den Ohren von Preston Hart.

Er wurde in den Sitz gedrückt und meinte in einem Jet mit Nachbrenner zu sitzen. Der Wagen machte einen Satz nach vorne und mit über Hundertsechzig raste er die Strasse entlang, schnitt die Kurven und flog förmlich über die kleinen Kuppen. Rasch näherte er sich den nächsten Dorf und gab nochmals Gas.

Er wollte heute seinen persönlichen Rekord brechen und preschte in die langgezogene Linkskurve.

Die Bäume und Sträucher entlang der Strasse wurden zu einer einzigen, grünen Wand. Einzelheiten konnte er nicht mehr erkennen. Es war wie in einem Tunnel.

Er fühlte sich frei und unbezwingbar.

Für einen sehr kurzen Augenblick sah er es auf der Strasse aufblitzen, dann folgte ein Schlag gegen seinen Wagen. Das Steuer zog urplötzlich nach rechts und bevor er reagieren konnte, brach der Wagen nach rechts aus und er sah das Strassenbord mit unglaublicher Geschwindigkeit auf sich zukommen.

Der McLaren raste die Böschung hinauf, hob ab und flog über den Strassenrand hinaus.

Ungläubig starrte er nach vorne und sah sich aus dem grünen Tunnel hinaus schiessen in den blauen Himmel hinein, sah weisse Wolken die näher kamen und er meinte sie berühren zu können. Er war federleicht und schwebte dahin. Dann spürte er wie sich der Wagen um die Längsachse drehte um sich dann nach rückwärts zu überschlagen. Es war wie früher auf dem Rummelplatz, bei den Fahrten mit der Achterbahn. Der Riesenspass mit rasantem Tempo, Loopings und Schrauben. Er sah den blauen Himmel, dass satte Grün der Wiese, den blauen Himmel, das satte Grün der Wiese, ... das Letzte was er sah.

Der McLaren flog durch die Luft, drehte sich rückwärts, schlug ein Looping und prallte dann mit der Front und unverminderter Geschwindigkeit auf die Weide.

Die Schnauze und das Dach wurden eingedrückt, der Wagen prallte auf den Boden, hob wieder ab und flog nochmals mehrere Meter durch die Luft.

Dann knallte er in eine kleine, massive Steinmauer, zerschellte daran und es zerriss den McLaren in hunderte Stücke die weit über die Mauer hinweg flogen.

Summers

„Was ist die Ursache für den Unfall?"

Inspektor Marc Summers schaute auf die Überreste die einst ein Auto gewesen waren.

Den Sonntagmorgen hatte er sich anders vorgestellt.

„Der Wagen gehört Preston Hart, neuer Besitzer von Hilver Castel, scheint als wäre es selber gefahren.

Den Fahrer werden wir wohl nur über einen DNA-Test identifizieren können."

Sergeant Philips schlug sein Notizblock auf und schaute gespannt auf den Inspektor.

„Die Leiche in die Pathologie und die Überreste des Wagens ins Labor.

Dann wird die Strasse auf Spuren und die Umgebung auf Aussergewöhnliches abgesucht. Ich will sicher sein, dass es ein Unfall gewesen ist".

„Wird erledigt", sagte Philips und ging zu seinen Kollegen die unschlüssig in den Trümmern herumstanden.

Summers setzte sich in seinen grauen Dienstwagen, lies den Verschluss des Sicherheitsgurtes einrasten und dachte dabei, dass dies dem Fahrer des McLaren nichts genutzt hatte.

Dann fuhr er los. Er wollte sich auf Hilver Castel umsehen, wollte erfahren ob der Hausherr vermisst wurde.

Nach einer Viertelstunde bog er in die Einfahrt ein, passierte das grosse, schmiedeeiserne Tor das überraschenderweise weit offen stand und fuhr dann langsam die Eichenallee entlang.

Das imposante Schloss tauchte hinter den Bäumen auf und Summers schätzte, dass das alte Gemäuer mindestens hundert Zimmer hatte.

Sein Wagen stand noch nicht still, als ein Flügel der grossen Eingangstüre geöffnet wurde und ein livrierter Diener heraustrat.

Summers stieg aus seinem Wagen und sein Blick glitt über das gut unterhaltene Haus, schweifte ab zu den Stallungen und der grossen Wagenremise dessen Tor weit offen stand.

Dann wandte er sich dem Haus zu und ging festen Schrittes auf das Eingangsportal zu. Der Diener schaute erst skeptisch, trat dann doch zur Seite und bat ihn einzutreten.

„Wen darf ich melden, Sir"?

„Inspektor Summers."

„Wenn sie mir bitte in den Salon folgen würden, Sir, ich werde sie bei der Herrschaft melden."

Der Diener ging voraus und führte den Inspektor in den Salon.

„Was kann ich für Sie tun, Herr Inspektor?"

Summers drehte sich um und musterte den elegant gekleideten Mann der durch eine schmale Tür eingetreten war.

„Ich bin Mister Hart's Sekretär. Mister Hart ist zu Zeit nicht im Hause. Wenn ich Ihnen helfen kann, Herr Inspektor?"

„Gut möglich Mister ......?"

„Hendersen, Jonathan Hendersen."

Summers nahm seinen Notizblock hervor und schrieb den Namen hinein.

„Arbeiten Sie schon lange für Mister Hart?"

„Seit fünf Jahren. Ich bin sein persönlicher Sekretär und koordiniere alle seine Termine. Ihren Besuch habe ich nicht in der Agenda."

„Trotzdem können sie mir helfen, Mister Hendersen. Zunächst möchte ich wissen, wo sich Preston Hart aufhält und wie ich Ihn erreichen kann."

„Mister Hart ist wie jeden Sonntagmorgen mit dem Wagen unterwegs und wird wohl erst gegen elf Uhr wieder zurück sein."

„Können Sie mir sagen mit was für einem Wagen Mister Hart unterwegs ist?"

„Er ist mit dem McLaren wegfahren, warum ist das von Interesse"?

„Hat das Fahrzeug die Nummer ....."‚

Summers blätterte in seinem Notizblock und nannte dann Buchstaben und Zahlen

„Ja, das ist die Nummer, ist Mister Hart wieder einmal zu schnell gefahren? Dies geschieht hin und wieder, zumal er immer sehr eilig unterwegs ist."

„Diesmal ist er viel zu schnell unterwegs gewesen, wir haben seinen Wagen neben der Strasse gefunden, oder vielmehr das was von dem McLaren übriggeblieben ist. Der Fahrer muss auf der Stelle tot gewesen sein."

Jonathan Hendersen stand wie erstarrt, brachte keinen Ton heraus. Sein Gesicht wurde blass.

„Mister Hendersen, ich habe noch ein paar weitere Fragen. Kann ich sie jetzt befragen oder sollen wir es auf später verschieben"?

Hendersen hatte sich wieder gefasst.

„Es geht wieder, stellen sie Ihre Fragen Herr Inspektor."

Er war noch etwas wacklig auf den Beinen als er zur ledernen Sitzgruppe hinüber ging und sich setzte. Summers setzte sich Ihm gegenüber und liess dem Sekretär einige Augenblicke Zeit sich zu sammeln.

„Hat Mister Hart Familie?"

„Mister Hart hat keine eigene Familie. Seine Geschwister haben wohl Kinder, aber bis auf einen Neffen habe ich noch niemanden dieser Familie kennengelernt."

„Dann pflegte Preston Hart keinen näheren Kontakt zu seiner Familie?"

„Soweit mir bekannt ist, nein?"

„Wissen Sie, wo die Familie wohnt?"

„Als der Neffe hier war, haben sie sich darüber unterhalten. Ich glaube er hiess Michel und soll der Sohn des älteren Bruders sein. Wenn ich richtig gehört habe, lebt die Familie in Liverpool. Ich kann es für sie in Erfahrung bringen."

„Das überlassen sie besser meinen Kollegen, es geht im Moment darum, dass jemand die Leiche identifiziert. Sie scheinen einer der wenigen Mensch in seiner näheren Umgebung zu sein der dies kann. Trauen sie sich das zu?

Und könnten sie in den nächsten Tagen in der Gerichtsmedizin vorbei schauen? Wir können Ihnen auch einen Wagen schicken der Sie abholt und wieder zurück bringt."

„Das ist nicht nötig, sagen Sie mir, wann ich vorbeikommen soll."

„Unser Pathologe wird sich bei Ihnen melden."

„Haben Sie noch weitere Fragen, Herr Inspektor? Ich muss das Personal informieren, Termine absagen und noch viele Dinge regeln."

60

„Wenn Sie mir noch die genauen Personalien von Mister Hart geben könnten, die brauchen wir um seine Familie suchen zu können."

„Selbstverständlich, wenn Sie einen Moment Geduld haben, ich hole Ihnen die Daten."

Hendersen erhob sich, ging mit unsicheren Schritten durch den Raum und verschwand durch die Tür durch die er gekommen war.

****

„Ist die Familie gefunden und informiert worden"?

„Die Familie wohnt tatsächlich in Liverpool. Die Eltern und die Geschwister hatten seit Jahren keinen Kontakt mehr zu Preston Hart.

Nur einer der Neffen, Michel Hart, hatte ihn im Frühjahr besucht. Aber nur einmal, sein Onkel wollte nicht wirklich Kontakt mit ihm. Die übrigen Familienmitglieder haben Preston Hart seit Jahren nicht gesehen. Bleiben somit nur die Angestellten für eine Identifizierung. Wie weit ist die Gerichtsmedizin? Ist die Todesursache klar?"

„Heute Nachmittag bekommen wir die Ergebnisse und morgen Nachmittag werden sie den Toten soweit haben, dass eine Identifizierung möglich sein sollte. Die haben ihn tatsächlich Stück für Stück zusammengesetzt. Zudem haben sie vorsorglich einen DNA-Test gemacht, für den Fall, dass die Identifizierung nicht genügen sollte."

„Gut, gibt es auch schon erste Resultate zur Unfallursache?"

„Das wird wohl noch ein paar Tage dauern.

Die letzten Überreste sind erst heute Morgen angekommen und ohne einen Spezialisten der Firma McLaren werden sie das Auto nicht zusammenstellen können. Der Spezialist kann erst Mittwoch kommen. So lange müssen wir warten."

Summers brummte etwas vor sich hin und verlies grusslos das Büro.

Philips zuckte mit den Schultern und wandte sich wieder seiner Arbeit zu. Summers war so, er kannte ihn nicht anders.

****

„Immer noch keine Ergebnisse?"

Summers fragte zum wiederholten Mal.

„Liegen auf Ihrem Schreibtisch, sind vor fünf Minuten gekommen."

„Wurde auch Zeit, Danke."

Summers zog die Tür hinter sich zu. Er wollte den Bericht in Ruhe lesen.

Die Spezialisten kamen zum Ergebnis, dass ein Reifenschaden am Rad vorne rechts die Ursache für den Unfall war. Vermutlich war ein Nagel in den Reifen eingedrungen und war dann bei der hohen Geschwindigkeit aus dem Reifen herausgeschleudert worden.

Der Reifen hatte schlagartig die Luft verloren und der Fahrer die Kontrolle über den McLaren.

„Idiot, so zu rasen", dachte Summers für sich und schloss den Bericht. Der Tote war in der Zwischenzeit identifiziert worden und es war, wie vermutet, Preston Hart.

Ein Verkehrsunfall und somit kein Fall für ihn.

Er verliess das Präsidium und ging über die Strasse ins Pub gegenüber.

Summers besuchte seinen alten Freund Ben Wilkensen, einer der Spezialisten im Polizeilabor, und schlenderte darum durch die grosse Halle in dem die Überreste verschiedener Unfälle zusammengestellt waren.

„Das sind alles Überreste des McLaren?"

„Ja, das ist mal ein McLaren gewesen, viel ist nicht ganz geblieben."

Summers umkreiste die Überreste und schaute sich die Überreste genau an. Dann fiel sein Blick auf einen Haufen Metallschrott der danebenlag.

„Und was ist das für eine Ansammlung? Sind das Teile die nicht zum Auto gehören?"

„Ja, so ist es" antwortet Wilkensen, „diese Teile sind beim Einsammeln der Überreste mit eingepackt worden. Die haben mit dem Wagen nichts zu tun."

Summers schaute nochmals auf den Metallhaufen und wandte sich dann Wilkensen zu.

„Ben, hast Du die Unterlagen zum Einbruch beim Juwelier in deinem Büro? Deswegen bin ich doch gekommen.

„Ja, die liegen oben, gehen wir."

****

Summers Abendspaziergang führte ihn von seinem kleinen Haus das inmitten eines verwilderten Garten stand, über den Spazierweg entlang eines träge dahinfliessenden Baches der von hohen Pappeln und Weiden gesäumt wurde.

Er schwenkte in den nächsten Feldweg ein und schlenderte den Kartoffelfeldern entlang. Als er an einer Weide vorbeikam, auf dem zottige Hochlandrinder grasten, sah er in der Ferne mehrere Falken durch die Luft segeln. Schon als kleiner Junge faszinierten ihn diese, heute seltenen Vögel. Ein Glücksfall. Wahrscheinlich waren es die Eltern mit zwei Jungvögeln.

Kurz entschlossen kletterte er über die Umzäunung und stapfte durch das feuchte Gras, zwischen den Rindern hindurch, die den Spaziergänger nicht beachteten. Immer wieder ging sein Blick hin zu den Vögeln und er hoffte noch viel näher an sie herankommen zu können.

Er hatte die Weide schon fast überquert und schickte sich an den nächsten Zaun zu übersteigen, als ein Schmerz in zusammenzucken lies. Der linke Fuss schmerzte höllisch und als er nach unten blickte, schaut aus der Oberseite seines leichten Schuh ein silberner Metallspitz heraus.

„Verfluchte Scheisse" schrie er laut. Er hatte nicht aufgepasst und war in einen Heurechen getreten der mit den Spitzen nach oben am Zaun lehnte. „Welcher verdammte Idiot lässt den so herumstehen", fluchte er laut.

Er wusste, dass er seinen Fuss vom Rechen befreien musste. Dass bedeutete noch mehr Schmerz. Er musste seinen Fuss nach oben ziehen, damit er ihn von der Metallspitze befreien konnte.

„Scheisse" schrie er wieder und mit einem Ruck befreite er seinen Fuss. Sollte er seinen Schuh ausziehen?

Besser nicht, er würde seinen Fuss nachher nicht mehr in den Schuh hineinzwängen können.

Hinkend, leise stöhnend und vor sich hin fluchend machte er sich auf den Rückweg.

Sein Weg führte ihn direkt zum Arzt.

„Was hast du denn diesmal angestellt, du hinkst."

„Natürlich hinke ich, ich möchte dich mal sehen, wenn du in einen Heurechen hineintrittst, dass die Spitzen oben aus deinem Schuh herausschauen. Da würdest du auch hinken."

„Dann setz dich mal da drauf und versuche den Schuh auszuziehen."

Doktor Higgins, ein schrulliger Siebzigjähriger mit wilden, weissen Haaren wie Albert Einstein, trug einen weissen Kittel und hatte ein Stethoskop um den Hals gehängt. Er schaute über den Rand seiner Nickelbrille und wies auf die alte, mit braunem Leder bezogene Liege.

Summers setzte sich darauf und versuchte den Schuh auszuziehen.

„Lass mich das machen, du stellst dich dafür zu blöd an, so wie immer"

Higgins packte sein Bein und legte es auf die Liege.

Dann schnappt er sich ein Skalpell, durchtrennte die Schnürsenkel und versuchte langsam den Schuh vom Fuss zu ziehen. Als das nicht ging, schnitt er den Schuh kurzerhand auseinander.

„He, nicht so grob, ich bin doch hier nicht beim Metzger" stöhnte Summers auf und war am Ende doch froh, dass er den Schuh losgeworden war. Dann musste noch seine Socke daran glauben und der Doktor schaute sich die Wunde genauer an.

„Saubere Löcher, oben und unten", kicherte er und begann die Wunde auszuwaschen und zu desinfizieren.

Dann wurde er wieder ernst.

„Wann bist du das letzte Mal gegen Wundstarrkrampf geimpft worden?"

„Weiss ich nicht mehr, muss ich Zuhause im Impfausweis nachsehen."

„Dann tu das mal, wenn es länger als fünf Jahre her ist, und das wird wohl so sein, muss du wieder geimpft werden.

Das ist wichtig, denn niemand weiss was an so einem Rechen alles hängen geblieben ist."

Dann wickelte er einen Verband um den Fuss und fixierte ihn mit zwei Klammern.

„Weisst Du eigentlich, dass du Glück gehabt hast? Kein Knochen ist verletzt. Es hätten auch mehrere Spitzen sein können, dann hätte dein Fuss böse ausgesehen, oder es hätte sich einer in deine Ferse gebohrt. Schau dir deinen Schuh an, die Spitzen eines Heurechen gehen durch Gummi wie durch Butter."

Higgins ging hinüber zum Lavabo und wusch sich die Hände.

„Für heute sind wir fertig, wenn du Schmerzen hast nimm eine Tablette. Wenn es im Fuss zu klopfen beginnt, kommst du sofort wieder zu mir, egal wie spät es ist. Klar?"

„Alles klar. Hättest du mir noch einen Stock auf den ich mich stützen kann und eine alte Socke für meinen Fuss? Meine Socke hast du ja unbedingt zerschneiden müssen."

Higgins öffnete einen grauen Metallschrank und holte zwei Stöcke und eine rote, wollene Socke heraus.

„Die Stöcke leih ich dir, die Socke wirst du auf der Rechnung wiederfinden."

„Danke Charles, du bist ein echter Freund."

Summers zog die Socke an und packte die Stöcke.

„Doc, wenn du heute Abend nichts mehr geplant hast, könnte ich dich als kleine Vorauszahlung zu einem zwanzigjährigen Single Malt einladen. Ist das ein Angebot?"

„Was stehst du dann noch herum, lass uns gehen."

****

Summers betrachtete seinen durchlöcherten Schuh.

„Der ist wohl hinüber, schade, der ist so bequem gewesen."

Er würde ein neues Paar Schuhe bestellen müssen.

Massschuhe waren der einzige Luxus den er sich leistete. Seit bald zwanzig Jahren liess er sich die Schuhe in London fertigen.

Da sie seine Masse hatten und seine Wünsche kannten, würde ein Anruf genügen.

Er wollte zum Telefon greifen, als er plötzlich innehielt.

„Was hatte Charles gesagt? Wie Butter durch Gummi?"

Mechanisch legte er den Telefonhörer zurück.

„Durch Gummi – Autoreifen sind aus Gummi – und in dem Haufen Schrott, da war doch ....".

Erneut griff er zum Telefon.

„Hallo Ben, hast du die Überreste des McLaren noch? Und liegt der Schrotthaufen auch noch da?"

„Du hast Glück, Marc, es liegt noch alles hier, es wird Morgen abgeholt. Warum fragst du?"

„Du musst für mich etwas nachsehen. Ich glaube im Schrotthaufen einen Heurechen gesehen zu haben.

Wenn dem so ist und die Löcher im Pneu des McLaren dazu passen, dann muss es kein Unfall gewesen sein."

Ein Moment herrschte Stille.

„Ich werde das prüfen. Und auf den Fotos vom Unfallort müsste der Rechen zu sehen sein. Dann könnte ich dir auch sagen, wo er gelegen hat."

„Ich wette, dass er inmitten der Trümmer lag und das Auto nicht zufällig auf ihn gefallen ist. Heurechen liegen nun mal nicht einfach auf einer Wiese herum. Es könnte sein, dass der Rechen auf der Strasse lag und den Pneu durchlöchert hat, als Hart darüber gefahren ist. Dann stellt sich mir die Frage, hat jemand den Rechen auf der Strasse verloren oder hat ihn jemand da hingelegt. Im Wissen, dass Hart jeden Sonntagmorgen da durchrast".

„Und dann war es Mord."

„Ja, dann war es Mord."

„Dann sorge ich erst mal dafür, dass die Beweise nicht verschwinden."

„Danke, Ben, ich werde morgen im Labor vorbeikommen."

News 1

Der bekannte Lord Hermsteat, Kompagnon der Bergbaufirma „First Nugget International Mining Company", wurde Opfer eines mysteriösen Verkehrsunfalls. Er war auf dem Weg aus der City zu seinem Landhaus, als er in einer Steigung von einer führerlos gewordenen Strassenwalze in seinem Auto erdrückt wurde. Nach Angaben der Polizei hatte er keine Chance zu überleben. Wie sich die Strassenwalze selbstständig machen konnte ist noch Gegenstand der laufenden Untersuchung. Wie die Polizei verlauten liess, wird mit Hochdruck an dem Fall gearbeitet. Eine Sonderkommission wurde mit dieser Aufgabe betraut.

Der Premierminister und die Regierung sprachen der Familie ihr Beileid aus. Die Financial Times schrieb von einem weiteren grossen Verlust für die Firma und führte weiter aus:

Seit einem Segeltörn vor zwei Wochen wird ihr Teilhaber Lord Carenteer vermisst. Sein Boot wurde kieloben treibend im St. Georgs-Kanal gefunden. Von ihm fehlt bis heute jede Spur.

News 2

Wir uns soeben mitgeteilt wurde, ist der bekannte Unternehmer Preston Hart bei einem Autounfall ums Leben gekommen. Die Polizei erklärt, dass sie zu einer laufenden Untersuchung grundsätzlich keine Auskunft gebe. Wir werden sie laufend darüber orientieren.

London City

„Dass Georg und Edwin uns so überraschend verlassen würden. Wer hätte das gedacht. Es waren so gute Partner, man könnte sagen sie waren unsere Freunde."

„Und nun auch noch Preston Hart, auch ein Unfall. Auch um ihn ist es schade, obwohl er nie wirklich in unseren Kreis gepasst hat".

Bedächtig zog Lord Freestyle an seiner Zigarre, blies Ringe in die Luft und lehnte sich dann leicht nach vorne.

„Was auch geschehen ist, wir müssen nach vorne blicken. Die Familien werden bald mit einem der Ihren im Verwaltungsrat ihren Platz einnehmen wollen. Wir werden das nicht verhindern können. Bis es soweit ist, sollten wir unsere Angelegenheiten bereinigt haben".

Die zwei Herren mittleren Alters, welche in dezenter Freizeit-Bekleidung in den einladenden und bequemen Ledersesseln in ihrem Club sassen, nicken sich zu.

„Wir werden die Sache beschleunigt abschliessen müssen. Das Geschäft ist in der bisherigen Firmengeschichte das Erfolgreichste und es soll am Ende kein Schatten darauf fallen.

Unsere Reputation könnte Schaden nehmen. Wir müssen alles vermeiden was uns mit der Vergangenheit von Preston in Verbindung bringt".

„Dann bleibt es dabei, wir verfahren wie geplant."

„Wie geplant, alle Unterlagen und Beweise müssen vernichtet werden."

„Dann sind wir uns ja einig. Wie immer."

Lord Freestyle griff nach dem Glas und nahm einen Schluck des bernsteinfarbenen, zwanzigjährigen Single Malt.

„Auf den Erfolg und ein langes Leben."

Sie hoben ihr Glas und prosteten sich zu.

„Auf den Erfolg und ein langes Leben."

Später verliessen sie den Firmensitz und liessen sich von ihren Chauffeuren in den gepanzerten Bentleys nach Hause fahren.

Familie

„Nein, ich will nichts von seinem schmutzigen Geld. Ich will damit nichts zu tun haben. Und das ist mein letztes Wort."

Tom Hart liess sich schwer auf den Stuhl sinken. Wie ein alter, gebrochener Mann sass er da und seine grauen Augen blickten auf die Familie die am langen Küchentisch sass. Seine Tochter und sein Sohn mit Ihren Ehepartnern, seine fünf Enkelkinder, - und sie alle starrten ihn an. Selten hatten sie Tom Hart so aufbrausend, so laut und so kompromisslos erlebt.

Natürlich war er in jüngeren Jahren immer wieder auf die Barrikaden gestiegen um den Bossen zu zeigen, dass die Arbeiter eine Macht waren. Er hatte sie als Gewerkschaftsführer durch viele Tarifkonflikte geführt und viele gewonnen. Und jedesmal wurde in Liverpool das Leben ein kleines Stück besser.

Doch in den letzten Jahren war er ruhiger und besonnener geworden. Darum überraschte sein Temperamentsausbruch die ganze Familie.

„Und wer soll dann das ganze Vermögen erben? Bestimmt hat Preston kein Testament hinterlassen und eine eigene Familie hatte er auch nicht, so sagte doch die Polizei. Du und Mutter sind darum die offiziellen Erben und können über das Vermögen verfügen.

Ihr könnt endlich in ein Haus mit Garten ziehen, könnt endlich die Reisen machen die ihr euch immer gewünscht habt und endlich sorgenfrei und finanziell abgesichert leben.

Den Rest könnt ihr immer noch an eure Kinder und Enkelkinder verteilen und auch einen Teil für wohltätige Zwecke spenden".

Tom sah seine Tochter an und dachte, „auch wenn du das Aussehen eines blonden Engels hast, Tochter, ich kenne dich besser.

Du willst einen Teil vom Kuchen um deinem Hang zum Luxus zu befriedigen".

Dann schaute er in die Runde und sagte, „ihr Alle hofft auf einen Anteil an diesem ergaunerten Geld. Ihr seid nicht zufrieden mit dem was ihr schon alles habt."

„Na und? Warum sollen wir darauf verzichten? Wenn es uns doch zusteht?

Mit Arbeiten wird heute keiner mehr reich und ich habe es satt jeden Penny zweimal umdrehen zu müssen. Gerade du solltest es besser wissen, so viele Träume und keiner ging je in Erfüllung."

Sohn Jeremie schlug in die gleiche Kerbe.

Tom Hart sah lange auf seine Familie. Dann schüttelt er seinen Kopf. Die grauen Haare, die tiefen Falten im Gesicht und die rauen Hände die ruhig auf dem Tisch lagen, liessen ihn älter erscheinen.

Langsam stand er auf und fixierte seinen Sohn.

„Ja, ich hatte viele Träume und viele davon gingen nicht in Erfüllung, - und ja, auch ich musste jeden Penny zweimal umdrehen bevor ich ihn ausgeben konnte. Aber ich habe mein Geld immer ehrlich verdient, habe meine Mitmenschen nicht schamlos ausgenutzt und ins Verderben geschickt, bin nicht über Leichen gegangen.

Ich kann nachts gut schlafen und kann mich im Spiegel ansehen - und darauf bin ich stolz - auch wenn ihr das nicht verstehen wollt."

Ruhig stand er auf, drehte sich um und verlies die Küche. Sein Gang war langsam und müde.

„Und was nun?" fragte Susanne. „Er kann doch nicht auf das ganze Geld verzichten.

Jahrelang haben wir zusehen müssen wie sich Andere etwas leisten konnten, jetzt sind wir doch auch mal an der Reihe."

Sie wandte sich ihrer Mutter zu, welche bisher kein Wort gesagt hatte.

„Mutter, kannst du ihn nicht umstimmen? Du hättest doch auch etwas davon."

„Das siehst du falsch, mein Kind. Dein Vater hat seinen Entschluss gefasst und ich bin die Letzte die ihn davon abbringen kann.

Und zudem muss ich mit ihm auskommen, ihr verschwindet nachher wieder.

Ich will mir mein Leben nicht noch zusätzlich schwer machen.

Wenn es euer Vater nicht selbst einsieht dass es seiner Familie auch mal ein bisschen besser gehen darf, dann kann ihn niemand umstimmen."

„Das werden wir noch sehen, Mutter, da ist das letzte Wort noch nicht gesprochen", sagte Jeremie laut und schaute in die Runde. „Oder ist jemand anderer Meinung?"

Niemand hatte einen Einwand, alle nickten stumm. Alle hofften sie auf ein besseres Leben.

Interpol Lyon

Der Blick auf die Rhone hätte sich an diesem Morgen gelohnt. Im Wasser spiegelte sich die Morgensonne und der Wind liess die Baumkronen hin und her wanken. Nur wenige Wolken zogen am Firmament vorbei und die wunderschöne Aussicht auf den Fluss hätte jeden ins Schwärmen gebracht.

Die vier Personen im grossen Sitzungszimmer hatten keine Augen für die Schönheiten ausserhalb ihrer vier Wände.

„Wie verschiedene, nationale Büros gemeldet haben, müssen Söldner aus dem ehemaligen Ostblock darin verwickelt sein. Die Gerüchteküche brodelt und aus allen Teilen der Welt erreichen uns dieselben Geschichten", sagt Jaques Ferret. Der Koordinator für Asien und Ozeanien. Er schaute gespannt auf seine Kollegen George Bojard, Koordinator für die Dienste in Afrika, Pierre Truffaut, zuständig für Nord- und Südamerika, sowie Annike Breton, Ansprechpartnerin für alle Dienste in Europa.

„Was habt ihr Neues?"

„Es häufen sich die Meldungen über Wirtschaftsspionage und plötzliche Todesfälle von Unternehmern im Bereich Bergbau und Zulieferfirmen. Die Brache scheint einen gewaltigen und gewalttätigen Umbruch zu erleben. Hier sind die neusten Ergebnisse." Bojard legte einen schmalen Ordner auf den Tisch.

„Dies kann ich nur bestätigen", sagte Truffaut und legte seine Akten dazu.

„Obwohl unsere amerikanischen Freunde wie immer offiziell von nichts wissen."

„Die Russen sagen es wäre eine innere Angelegenheit, wenn tatsächlich etwas sein sollte, und die übrigen Dienste können oder wollen uns nicht informieren.

Nur mit Scotland Yard ist die Zusammenarbeit besser, dies aber auch nur, weil eine breite Spur nach London führt. Da sind auch die meisten Firmen dieser Sparte zu finden."

Breton strich sich eine blonde Strähne aus ihrem schmalen Gesicht.

„Es fehlt an der Zusammenarbeit mit den Ländern in Mittel- und Südamerika. Die Gerüchte mehren sich, wir bekommen aber nur zu sehr spärlich Informationen. Ich habe unsere spanischen Kollegen gebeten ein paar ihren Mitarbeiten hin zu schicken.

Ausserdem habe ich unseren Aussenminister dazu bewegen können, eine Rundreise durch Südamerika zu planen, bei der auch Wirtschaftsfachleute von uns dabei sein werden."

„Und wann soll die Reise losgehen?" fragte Ferret.

„Es wird noch ein paar Wochen dauern. Möglich dass es dann keinen grossen Nutzen mehr hat. Unsere spanischen Kollegen sind schon seit gestern in Brasilien, Venezuela und Chile. Spätestens nächste Woche erwarten wir erste Ergebnisse."

„Ich habe da noch etwas spezielles", sagte Bojard und lehnte sich zurück. Seine blauen Augen blickten nachdenklich in die Ferne.

„Vielleicht ist es auch nicht so wichtig."

„Was hast du denn Spezielles, George", fragte Ferret.

„Von unserem Büro in Berlin habe ich gehört, ein Professor aus der Schweiz sei durch Russland gereist und habe sich überall diskret nach Ausbildung und Bewaffnung von Spezialeinheiten der Armee erkundigt. Auch in Polen, Tschechien und Serbien sei er unterwegs gewesen."

„Dieses Gerücht habe ich auch gehört" sagte Breton.

„Und was ist daran so speziell?", fragte Ferret.

„Berlin meint die verschiedenen Morde tragen die Handschrift der russischen Armee und des russischen Geheimdienstes.

Sie glauben, dass die Mörder ehemalige Armeeangehörige eines Spezialkommandos sind oder zum russischen Geheimdienst gehörten."

„Und ihr vermutet, dass dieser Professor der Drahtzieher der Aktionen ist oder zu mindestens die Leute angeheuert hat?"

„Nein", sagte Breton. „Professor Daniel Roth ist dem Schweizer Büro bestens bekannt. Er ist Dozent an der Universität in Bern und war bei der Katastrophe von Birrhausen dabei, ihr erinnert euch, da ist eine ganze Kleinstadt in Schutt und Asche gelegt worden, aus welchen Gründen auch immer. Vermutet wurde, dass russische Söldner dahinter steckten."

„Ja, ich erinnere mich, wir wurden damals um Mithilfe gebeten und haben zusammen mit der Schweizer Polizei den Fall untersucht. Wir haben damals keine Anhaltspunkte und kein Motiv finden können. Einer der wenigen Fälle ohne Ergebnis."

„Und wenn dieser Professor doch auf der richtigen Fährte war? Diese Möglichkeit sollten wir nicht ausser Acht lassen." Bojard schaute gespannt in die Runde.

„Dann schlage ich vor, dass wir den Professor besuchen oder wir laden ihn nach Lyon ein, auch wenn dies unüblich ist und sich die Schweizer Polizei übergangen fühlen könnte. Aber vielleicht weiss er mehr als wir ahnen und wir erfahren es aus erster Hand", sagte Breton.

„Aussergewöhnlich, aber eine gute Idee. Ich bin dafür", sagte Ferret.

„Gut, laden wir diesen Professor Roth zu uns ein", äusserte sich Bojard und Truffaut nickte zustimmend. „Das fällt dann wohl in meinen Bereich". Breton griff nach den Akten von Bojard und Truffaut.

„Ich werde mich erst mit den Schweizern unterhalten und dann den Professor einladen."

„Er wird deinem Charme bestimmt nicht widerstehen können", grinste Ferret.

„Es wird wohl eher an seiner Neugierde als an meinem Charme liegen, wenn er hierher kommt."

Sie drückte ein paar Tasten auf ihrem Laptop und hatte die gesuchte Akte schnell gefunden.

„Hier habe ich die Angaben. Der Mann sieht auf dem Foto sehr attraktiv aus".

Annike Breton klappe den Laptop zu, stand auf und lächelte ihren Kollegen zu.

„Meine Herren, ich muss mich um einen Professor kümmern, ich wünsche euch einen schönen Tag."

Bevor die Anderen etwas erwidern konnten, war sie schon zur Tür hinaus.

Rebecca

Sie waren nun dreissig Jahre verheiratet und sie konnte sich keinen besseren und liebevolleren Mann vorstellen. Auch wenn er manchmal zu viel auf das Wohl der Anderen achtete und die Familie manchmal vergass, hätten die Kinder keinen besseren Vater haben können.

Sie hatte sich in ihn verliebt weil er so ernsthaft und zielstrebig, gleichzeitig aber auch ein grosser Kindskopf war. Diese Mischung liebte sie und in einer stürmischen Nacht hatte sie zu seinem Antrag ja gesagt.

Ihr gemeinsames Leben verlief mit vielen Höhen und Tiefen. Freude und Angst wechselten sich ab, aber immer wieder fanden sie den Weg zurück in ein glückliches Leben.

Und nun stand wieder eine wichtige Entscheidung an und egal wie sie sich entschieden, es würde ihr bisheriges Leben total verändern. Das wussten sie beide.

„Du musst da hingehen, Tom, du kannst dem Richter immer noch sagen dass du das Erbe nicht annehmen willst.

Du weisst aber, dass dann die nächsten Verwandten erben, das sind seine Geschwister, unsere Kinder.

Wenn du nicht willst, dass das Vermögen in der Familie verbleibt, dann musst du jetzt das Erbe annehmen. Nur dann kannst du es an gemeinnützigen Institutionen verschenken.

Denke aber daran, dass du vorher das Vermögen noch versteuern musst. Am besten ist wenn du dir den Rat eines Fachmann einholst. Du kennst doch bestimmt jemanden in der Gewerkschaft der dir helfen kann."

„Das geht nicht. Wenn bekannt wird, dass ich ein so grosses Vermögen geerbt habe, - und das lässt sich nicht geheim halten -, stehen sie Alle fünf Minuten später vor der Tür.

Und Alle wollen sie einen Anteil am Reichtum. Wir hätten keine ruhige Minute mehr. Und wem sollten wir etwas geben? Ich könnte doch nicht bei dem Einem ja und bei dem Anderen nein sagen."

Tom setzte sich an den Tisch und stützte seien Kopf in die Hände.

„Ich weiss nicht was ich tun soll, Rebecca"

Seine Frau strich ihm zärtlich übers Haar. Sie wusste es auch nicht.

Die Suche

„Wer hat ein Interesse daran unsere Freunde umzubringen? Was sagt der Geheimdienst dazu? Was hat das Yard herausgefunden?"

Der Innenminister schaute in die Runde und sah nacheinander die Vertreter vom MI5 und Yard an.

„Wir haben unsere besten Leute darauf angesetzt. Wenn Terroristen oder eine ausländische Regierung dahintersteckt, werden wir es spätestens morgen Abend wissen, Sir", sagt Michel Townstone, der Chef des Inlandgeheimdienstes.

„Wir arbeiten eng mit dem MI6 zusammen, so wie sie es gewünscht haben und auch da sind nur die Besten bei der Arbeit."

Der Innenminister nickte und schaute auf den Vertreter des Yard.

„Noch haben wir nichts, Sam, auch bei uns sind die Fähigsten daran. Es ist wie ein Puzzle und Anfangs hatten wir Schwierigkeiten alle Akten und Unterlagen zu bekommen. Das hat sich erst erledigt, als Du denen Feuer unter dem Hintern gemacht hast."

Dann griff Archibald Dies in seine Ledermappe und holte eine dünne Akte heraus.

„Leider habe ich schlechte Nachrichten. Heute Morgen ist Preston Hart bei einem Autounfall ums Leben gekommen. Die genaue Unfallursache wird zur Stunde geklärt.

Die haben da oben einen ausgezeichneten Mann mit viel Erfahrung und dem nötigen Scharfsinn.

Wir werden die Ergebnisse ebenfalls bis morgen Abend erhalten. So lange musst du Geduld haben, Sam."

„Wenn Du das sagst, Archibald, wird das so sein. Dann sehen wir uns morgen Abend um sieben und ich erwarte bis dahin Resultate."

Der Minister nickte des Anwesenden zu, die Sitzung war beendet. Leise verliessen die Männer das Büro, nur Townstone blieb sitzen.

Der Minister schaute auf.

„Was bedrückt dich Michel? fragte er mit besorgter Miene.

„Ich habe so ein Gefühl, so eine Ahnung. Ich glaube nicht an Terrorismus oder eine internationale Verschwörung. Meiner Meinung nach handelt es sich um Machtkämpfe für Marktanteile, vermutlich steckt die Konkurrenz dahinter oder ein Syndikat, zum Beispiel die Rohstoffmafia."

„Und wie kommst zu diesem Schluss?"

„Ich habe das Umfeld der Toten und ihre Karrieren durchleuchtet und bin auf etwas gestossen was auf Alle zutraf."

„Du machst mich neugierig, Michel, was ist es?"

Der Minister beugte sich nach vorne.

„Sie alle sind über Leichen gegangen, kannten absolut keinen Skrupel. Es könnte also auch Rache sein".

Der Innenminister sah seinen Freund lange an.

„Gut, dann geh der Sache nach. Aber zu den anderen Diensten oder die Presse kein Wort, es ist schon genug Staub aufgewirbelt worden. Versuche den Ball möglichst flach zu halten.

Die Resultate kannst du mir jeden Donnerstag im Club mitteilen. Ich bin froh, dass du dich darum kümmerst, alter Freund."

Der Innenminister öffnete eine Schublade und zauberte eine Flasche Single Malt und zwei Gläser hervor.

„Seit vierzig Jahren kennen wir uns schon und so alt ist dieser Single Malt. Trinken wir auf unsere Freundschaft."

****

„Gut dass der Schrotthaufen noch da liegt", sagte der Inspektor. Sein Blick glitt suchend über das Gerümpel welches vor ihm lag.

„Das hier habe ich gesucht", sagte er und begann an einem Stück Metall zu zerren. Nur mit Mühe gelang es ihm das Teil aus dem Haufen herauszuziehen, immer wieder blieb etwas daran hängen.

Endlich hatte er es geschafft.

„Das hier musst du untersuchen", sagte er und hielt Ben Wilkensen ein Heurechen ohne Stiel unter die Nase.

„Wenn ich Recht habe, und daran zweifle ich nicht, findest du an den an den Zacken Spuren von Gummi.

Und dieselben Zacken passen bestimmt in kleine, runde Löcher in einem der Reifen des McLaren, wahrscheinlich vorne rechts.

Und dann frage ich mich, wie kommt der Rechen auf die Strasse. Es ist unwahrscheinlich, dass ein Bauer unterwegs einen zerbrochenen Rechen verloren hat und zudem war das Wetter in den letzten Tagen nicht zum Mähen, es war viel zu nass."

„Wenn also in dem Pneu Löcher sind die den gleichen Abstand haben wir die Zacken des Rechen und wenn die Gummimischung auf dem Rechen dem Gummi des Pneu entsprechen, dann ist die Unfallursache klar und ich kann es mit Materialanalysen beweisen. Ich kann auch versuchen vom Rechen Fingerabdrücke zu nehmen und menschliche DNA.

Dann fehlen mir aber noch die Vergleichswerte, denn ich nehme mal an, dass die Bauern in der Gegend nicht in der Datenbank erfasst sind, oder bist du anderer Meinung?" Wilkensen sah seinen Freund Marc fragend an.

Summers brummte etwas vor sich hin und schaute wenig begeistert auf Wilkensen.

„Du hast ja Recht, es wird schwierig. Auch wenn der Rechen die Unfallursache gewesen ist, können wir noch lange nicht beweisen, dass es kein Unfall war. Es wäre aber gut, wenn du nach Fingerabdrücken und DNA-Spuren suchen würdest. Das könnte eines Tages noch wichtig sein."

„Gut Marc, dann mach ich mich mal an die Arbeit. Kann der Rest von diesem Schrotthaufen verschwinden oder sollen wir ihn noch hierbehalten?"

Nachdenklich schaute Summers auf den Haufen. Lass den Schrott mal hier, er könnte noch wichtig werden."

„Gut, dann lassen wir den Haufen liegen. Und was machst du als nächstes?" Wilkensen schaute gespannt auch den Inspektor.

„Als nächstes werde ich mich auf Hilver Castel umsehen und mit dem Personal sprechen. Ich muss erfahren was für ein Mensch dieser Preston Hart gewesen ist."

****

Die Fahrt dauerte doch länger als Summers eingerechnet hatte, denn unterwegs versperrte eine grosse Schafherde die Strasse.

„Dann kann ich in der Zwischenzeit die Zeitung lesen", sagte er sich und griff nach der Times. Im Wirtschaftsteil wurde über den Tod von Preston Hart berichtet, seine Geschäfte und seine Beziehungen in die höchsten Kreise.

Eine kurze Auflistung seiner Verwaltungsratsmandate und seiner Beteiligungen an verschiedenen Firmen in verschiedenen Branchen waren abgedruckt. Der Inspektor hatte schon oft solche Artikel gelesen und so fiel ihm auf, dass über den Menschen Preston Hart nichts stand. Normalerweise, wenn einer aus dem Geldadel starb, wurden seine Verdienste um das Allgemeinwohl herausgestrichen. Die Zuwendungen an soziale Institutionen, die Gründung einer Stiftung für wohltätige Zwecke, das alles wurde medial ausgeschlachtet. Nur in diesem Artikel wurde kein Wort darüber verloren. Wurde es einfach vergessen? Oder hatte Preston Hart keine soziale Ader oder er war ein Wohltäter der seine guten Taten nicht an die Öffentlichkeit bringen wollte?

Er würde es bald erfahren.

Schon wollte er die Zeitung zusammenlegen, als ihn eine kleine Notiz innehalten liess.

„Die im Rohstoffhandel tätige „First Nugget International Mining Company" vermeldet der Tod ihres Kompagnons Preston Hart.

Es ist der dritte Todesfall eines Kompagnons innert kürzester Zeit und die Finanzkreise rätseln wie es mit der Firma weitergehen soll. Die Börse reagierte sofort und die Aktie verlor zu Börsenbeginn zehn Prozent, konnte aber im Laufe des Tages wieder zulegen."

Wie abwesend blickte Summers vor sich hin.

Als hinter ihm ein Auto hupte schreckt er auf. Das letzte Schaf sprang über den Graben und die Strasse war wieder frei. Rasant fuhr er los in Richtung Hilver Castel.

Er hatte die letzte Stufe noch nicht erreicht, da öffnete sich schon die Tür und der Butler begrüsste den Ankömmling.

„Guten Tag Herr Inspektor, sie möchten zu Mister Hendersen?"

„Wenn Mister Hendersen Zeit für mich hat."

„Und wenn nicht, darf er sie vermutlich auf dem Präsidium besuchen."

„Wenn sie das sinngemäss so übermitteln könnten."

„Bitte treten Sie ein Sir. Ich werde sehen was ich machen kann."

Der Butler nickte kurz, drehte sich um und verschwand angemessenen Schrittes durch die nächste Tür.

Summers hatte Zeit sich umzusehen.

Die kleine Eingangshalle mit Wänden aus grossen, grob behauenen Steinen erinnerte ihn an die Mauern einer Festung.

Von der Decke, mit Balken welche im Laufe der Jahrhunderte dunkel geworden waren, hing ein riesiger Kronleuchter der mindestens 40 Kerzen trug. Das Licht aber kam nicht von da, es kam aus Nischen welche in die Wände hinein gehauen waren. So entstand ein indirektes Licht das dem Raum nur wenig Helligkeit spendete. Wären nicht die Fenster gewesen, hoch oben unter der Decke, man hätte die Hand nicht vor Augen sehen können.

Er schaute sich weiter um. Die wenigen Möbel im Tudor-Stil und die schweren, dunkelroten Brokatvorhänge an den Wänden gaben dem Raum den Eindruck von sparsamer Wohnlichkeit, auch wenn es Summers in der Eingangshalle nicht wirklich behaglich war.

Er ging auf einen der Vorhänge zu und schob ihn ein Stück beiseite. Eine schwere Eichentüre mit Eisenbeschlägen war dahinter verborgen, so wie er es vermutet hatte.

Dann kehrte er wieder in die Mitte der Halle zurück und vor ihm öffnete sich die Tür durch die vorhin der Butler verschwunden war.

„Herr Inspektor, Mister Hendersen bittet sie in sein Büro. Wenn sie mir bitte folgen wollen, Sir.

Ich darf vorgehen?"

Der Butler drehte sich um und Summers ging ihm nach.

Das Büro von Hendersen spiegelte den Wiederstreit zwischen Moderne und altem Gemäuer.

Die Sitzmöbel aus Stahl und schwarzem Leder passten nicht hier hin und auch der Schreibtisch aus Stahl und Glas wirkte fremd in diesen ehrwürdigen Räumen. Summers empfand das so.

Die Bilder an den Wänden zeigten irgendwelche Leute aus vergangenen Zeiten und Summers bezweifelte, dass dies Vorfahren von Preston Hart waren.

„Guten Tag Herr Inspektor, was verschafft mir die unerwartete Ehre?"

Summers hörte den leisen Sarkasmus in der Stimme und drehte sich um. Er hatte Hendersen nicht hereinkommen hören. Dieser kam auf ihn zu, tadellos gekleidet, wie aus einem Modekatalog entstiegen.

„Herr Inspektor, darf ich ihnen Mister Hills vorstellen, er ist der Anwalt von Mister Hart."

Hinter Hendersen tauchte ein kleiner Mann auf, mit dunklem Anzug, wahrscheinlich von der Stange, mit schmalem Gesicht, Nickelbrille und dunklem, schütterem Haar.

„Guten Tag Herr Hills, Summers, Inspektor."

Hills nickte kurz und schaute ihn unverwandt an.

„Ich kenne dich Hills, du siehst nur so unscheinbar aus, dabei bist du einer der Besten, aber auch verschlagensten Anwälte in England" sagt Summers zu sich selbst und wandte sich dann an Hendersen.

„Ich hoffe ich komme nicht ungelegen, doch es sind noch einige Fragen offen und vielleicht kann ihnen Mister Hills behilflich sein."

„Bitte setzen wir uns doch, etwas zu trinken?"

Hendersen machte eine einladende Geste und zeigte auf die Sitzgruppe.

„Gerne, ein Schluck Wasser wäre gut."

Hendersen gab dem Butler ein Zeichen.

„Sehr wohl, Sir, ein Glas Wasser für den Inspektor."

Während der Butler verschwand setzten sich die Beiden Summers gegenüber.

„Wie kann ich ihnen helfen, Herr Inspektor."

Hendersen lehnte sich im Sessel zurück, schlug die Beine übereinander und schaute lächeln auf Summers.

„Er benimmt sich als wäre er der Hausherr und nicht nur sein Sekretär", dachte sich Summers und lächelte zurück.

„Haben sie in der Zwischenzeit ein gültiges Testament gefunden? Und wer sind die glücklichen Erben?"

Hendersen schaute zum Anwalt hinüber.

„Da trifft es sich doch gut, dass Herr Hills hier ist, er kann ihnen die Fragen bestimmt beantworten."

Dieser drückte sich ein wenig auf dem Sessel herum und rang sich eine Antwort ab.

„Es ist so, Herr Inspektor, ich bin nicht befugt vor der offiziellen Testamentseröffnung irgendwelche Angaben zu machen.

Dies ist der ausdrückliche Wunsch meines Klienten Preston Hart und auch nicht üblich. Das sollten sie als Inspektor doch nicht zum ersten Mal erleben."

„Und wann ist die Testamentseröffnung?"

Hills räusperte sich und tat als müsste er nachdenken.

„Übermorgen, um zehn Uhr. Und es sind nur die Familie und Teile des Personals zugelassen. Wenn sie mich dann im Laufe des Nachmittags anrufen, kann ich ihnen die notwendigen Angaben liefern. Vorher nicht."

„Dann werde ich eben so lange warten müssen."

Hendersen wandte sich an Summers.

„Haben sie noch weitere Fragen?"

„Ja, habe ich, ich weiss nicht mehr, ob ich sie nicht schon gefragt habe. Hatte Mister Hart Feinde die ihn lieber tot als lebendig sahen?"

„Wieso die Frage, Herr Inspektor, ich denke es ist ein Unfall gewesen?"

„Und wenn nicht?"

Summers bemerkte die jähe Veränderung in Hendersens Gesicht.

„Sie haben mir die Frage immer noch nicht beantwortet."

Hendersens linkes Auge zuckte.

„Da kann ich ihnen nicht weiterhelfen, Herr Inspektor. Mister Hart hatte bestimmt keine Feinde, ich wüsste auch nicht wen. Oder wissen sie jemanden?"

Hendersen wandte sich demonstrativ Hills zu.

„Da kann ich ihnen auch nicht weiterhelfen, ich wusste nicht mal, dass mein Mandant Feinde haben sollte."

Summers hatte keine andere Antwort erwartet.

„Meine Herren, sie wissen so gut wie ich, dass ein Mann in diesen Kreisen und mit diesem Ruf immer Feinde hat."

Summers schälte sich aus dem Sessel.

„Danke, meine Herren, dass sie sich die Zeit genommen haben. Und danke, ich finde allein hinaus."

Beinahe wäre er mit dem Butler zusammengestossen, der mit dem Wasser plötzlich vor ihm stand.

Summers lächelte ihm zu.

„Danke für das Wasser, beim nächsten Mal bleibe ich bestimmt länger."

Der Butler sah ihm erstaunt nach als Summers den Raum verlies.

Langsam ging Summers zu seinem Wagen zurück. Bevor er einstieg, dreht er sich nochmals um und schaut auf das mächtige, alte Schloss.

„Keine Feinde also, so habe ich mir das auch vorgestellt".

Der Anwalt

Das alte, ehrwürdige Stadthaus flösste ihm Respekt ein. Lange hatte er mit sich selbst gerungen. Sollte er oder sollte er nicht, denn irgendwie war es doch der Klassenfeind der Arbeiter. Doch er schaffte es über seinen eigenen Schatten zu springen. Wenn nur seine Kumpel nichts davon erfuhren.

So stand er vor der breiten Treppe die zum Hauseingang führte. Er gab sich einen Ruck und stieg die Treppe empor. An der grossen, schweren Eichentür stand auf einem kleinen Messingschild,

Andersen Carter Green, Kanzlei, seit 1759.

Er drückte die Türklinke hinunter und war überrascht, wie leicht die Türe aufschwang.

Dann stand er in einer kleinen Eingangshalle.

Neben einer geschwungenen Treppe die in das nächste Geschoss führte, sass an einem kleinen Schreibtisch eine junge, dezent gekleidete Frau und schaute erwartungsvoll zu ihm auf.

„Wie kann ich ihnen helfen, Sir"?

„Guten Tag, mein ist Name Tom Hart, ich habe einen Termin mit Mr. Green."

„Einen Moment bitte, ich werde sie anmelden."

Die junge Frau griff zum Hörer und meldete Mister Hart.

„Mister Hart, Mister Parsival Green erwartet sie. Sie können die Treppe nehmen oder den Auszug, sie werden oben von Mister Trent erwartet. Mister Trent ist die rechte Hand von Mister Green."

„Vielen Dank, Miss."

Tom Hart stieg die Treppe hinauf und wurde oben von einem jungen, etwas linkisch wirkenden Mann erwartet.

„Guten Tag Mister Hart, bitte folgen sie mir, Sir, Mister Green erwartet sie."

Der junge Mann drehte sich um, ging den Korridor entlang und öffnete dann eine der zahlreichen Türen.

„Mister Green, Mister Hart ist hier."

Dann trat er zur Seite um dem Gast Platz zu machen.

„Guten Tag Mister Hart, es freut mich ihre Bekanntschaft zu machen."

„Guten Tag Mister Green, die Freude ist ganz auf meiner Seite".

Ein kurzer, kräftiger Händedruck.

„Bitte setzen sie sich."

Der Anwalt kehrte zu seinem bequemen Ledersessel zurück und wartete bis sich Tom Hart ihm gegenüber niedergelassen hatte.

„Ich habe ihre Unterlagen studiert und kann sie umfassend orientieren."

Er öffnete ein Dossier das vor ihm lag.

„Da Ihr Sohn Preston keine Nachkommen hat, wird das Ganze Vermögen an sie fallen. Wenn sie das Erbe ausschlagen, werden die nächsten Verwandten erbberechtigt.

Das bedeutet, dass ihre Kinder, als nächste direkte Nachkommen das Vermögen zu gleichen Teilen erben werden."

„Und das lässt sich nicht ändern'"

„Nein, das Gesetz ist eindeutig und lässt keine Interpretationen zu."

„Dann wird es wohl so sein müssen." Hart schien nicht begeistert.

„Der einzige Grund das Erbe loszuwerden wäre, wenn ihr Sohn das Vermögen unrechtmässig, durch Straftaten, erworben hätte und durch ein Gerichtsurteil die Rückgabe an die rechtmässigen Besitzer oder die Überführung in den Staatsbesitz verfügt würde. Ich glaube, das wird wohl in diesem Fall kein Thema sein."

Tom Hart seufzte tief.

„Könnten sie mir bei der Abwicklung der ganzen Angelegenheit helfen? Ich habe keine Erfahrung in Erbangelegenheiten."

„Das hat eigentlich niemand, ausser er ist Anwalt", sagte Green und hielt kurz inne.

„Mister Hart, unsere Kanzlei wird ihnen natürlich gerne bei allen Problemen zur Seite stehen. Wir können den Schriftverkehr für sich erledigen und sie auch in Zukunft beraten.

Ich werde mir erlauben, ein entsprechendes Papier aufzusetzen, damit sie uns das erforderliche Mandat erteilen können. Ich werde ihnen die Unterlagen noch heute mit einem Kurier zustellen lassen. Sie können die Papiere in aller Ruhe studieren und wenn sie Fragen haben, können sie mich jederzeit anrufen. Sie können die Unterlagen zurücksenden oder persönlich vorbeikommen. So wie es für sie am einfachsten ist."

„Dann komme ich in den nächsten Tagen vorbei. Passt es kommenden Freitag, so gegen zehn Uhr?"

Mister Green schaute kurz in seinen Terminkalender.

„Ginge es auch um halb zwölf? Anschliessend könnten wir zusammen zum Lunch in den Klub um unsere Geschäftsbeziehung zu besiegeln."

Tom Hart nickte.

„Danke, dass sie Zeit für mich hatten, Mister Green, dann bis Freitag."

Tom Hart stand auf und streckte dem Anwalt seine rechte Hand hin.

Mister Green ergriff die ausgestreckte Hand und drückt kräftig zu.

„Dann bis Freitag, Mister Hart, - und danke für ihr Vertrauen."

Lyon

„Willkommen, Herr Professor".

Der schwarz gekleidete Chauffeur hatte ihn anhand eines Fotos erkannt, dass er diskret in seiner Handfläche verborgen hielt.

Der TGV Lyra hatte Daniel Roth von Bern über Genf nach Lyon gebracht und er hatte gehofft, dass er abgeholt werde. Er war schon lange nicht mehr in Lyon gewesen und deshalb war er froh dass er am Care de Lyon Part Dieu, empfangen wurde.

„Danke dass sie mich abholen, sonst hätte ich mir ein Taxi suchen müssen."

Der Chauffeur lächelte.

„Wenn sie mir folgen wollen"?

Nach kurzer Fahrt vorbei am Park Tête d'or kamen sie ans Ufer der Rhone und fuhren dem Quai Charles – de Gaulle entlang. Dann bog der Wagen nach rechts ab und fuhr auf ein grosses und repräsentatives Gebäude zu, dem Siège d'interpol, dem Sitz des Generalsekretariats.

Der Fahrer begleitete ihn hinein und meldete ihn beim Empfang an, damit er einen Besucherausweis erhielt.

„Herr Professor, würden sie mir bitte folgen, Madame Breton erwartet sie."

Roth trottete hinter dem Chauffeur her und gemeinsam fuhren sie mit dem Lift nach oben.

In der fünften Etage hielt der Aufzug und als sich die Tür öffnete blickte er überrascht auf eine geschmackvoll eingerichtete Lobby. Die Ledersessel von Mies van den Rohe standen im Kontrast zur verschnörkelten, mit Handschnitzereien verzierten Anrichte aus Kirschholz.

Der Spannteppich aus Schurwolle, in dunklem Grün gehalten dämpfte die Schritte. Bilder von Monet und Chagall hingen an den Wänden und er vermutete, dass dies keine Kopien waren.

Sein Begleiter verabschiedete sich und bevor er sich genauer umsehen konnte, ging eine der Tür auf und eine schlanke und attraktive Blondine kam auf ihn zu.

„Guten Tag Herr Professor Roth. Ich bin Annike Breton, wir haben telefoniert. Ich hoffe sie hatten eine angenehme Reise."

Roth ergriff ihre Hand und hauchte einen Kuss darauf. Dann lächelte er sie an und sagte leise.

„Wenn ich gewusst hätte welche Schätze Lyon wirklich verbirgt, wäre ich früher gekommen."

Annike Breton war begeistert. Endlich ein Mann mit Charme und guten Manieren.

„Wenn sie mir bitte folgen würden, ich möchte sie meinem Chef und meinen Kollegen vorstellen."

Gemeinsam gingen sie in das angrenzende Sitzungszimmer.

Die Begrüssung war nüchtern und distanziert. Skeptisch wurde der Professor angesehen und er war froh, dass er sich neben Annike Breton setzen konnte.

„Schön dass sie die Zeit gefunden haben uns hier zu besuchen", sagte Ferret.

„Wir sind im Zuge von internationalen Ermittlungen, auf ihren Namen gestossen und haben sie hergebeten weil wir annehmen, dass wir die gleichen Interessen haben. Wir wissen, dass sie sich in Russland aufgehalten haben, wo sie sich nach bestimmten Personen erkundigten.

Nun hoffen wir, dass sie uns helfen können und wir von ihnen wichtige Informationen erhalten.

Ich möchte sie fragen, was der Grund war für ihre Reise und ihre Nachforschungen."

Roth schaute sich seine Gastgeber genauer an. Sollte er wirklich sein Wissen preisgeben? Und die Gegenleistung?

„Wenn ich ihnen helfe, versprechen sie dann, mir alle ihre Ergebnisse lückenlos offen zu legen?"

Ferret schaute in die Runde und nickte dann zustimmend. „Ja, das werden wir".

„Herr Professor Roth, aus unseren Unterlagen geht hervor, dass die Morde in Birrhausen in der Schweiz, von Inspektor Walther untersucht wurden.

Hier steht auch, dass er bei dem verheerenden Grossbrand seine Frau verloren hat und seit dem in psychiatrischer Behandlung ist".

„Ja, das ist so, seine Frau wird seit dem Brand vermisst, so wie viele andere auch. Herr Walther hat das Ganze nicht verkraftet und ist auch noch nicht darüber hinweg gekommen.

„Und wie geht es ihm heute?" Bretons Anteilnahme war echt.

„Es geht von Tag zu Tag besser".

„Sie sind mit Walther befreundet?"

Roth nickte, dann räusperte er sich hörbar und sagte,

„Doch deswegen bin ich bestimmt nicht hier. Sie haben andere Sorgen und ich werde ihnen helfen so gut ich es kann.

Als die Morde in Birrhausen geschahen und die Stadt vernichtet wurde, haben weder die gesamte Polizei, noch Interpol, erfolgreiche Arbeit geleistet. Sie müssen zugeben, dass die Ergebnisse mehr als dürftig waren. Das hat mich dazu gebracht eigene Nachforschungen anzustellen. Auf meinen Forschungsreisen bin ich auch im Ostblock unterwegs gewesen und habe viele Kontakte geknüpft und Vertrauen aufgebaut. Diese Kontakte haben mir bei meiner letzten Reise sehr geholfen.

Nur Menschen die sich kennen, können sich auch vertrauen. Und nur, wer sich gegenseitig vertraut kann Hilfe bekommen. Deshalb bin ich wohl ein Stück weiter gekommen als alle ihre Spione."

„Sie sagen es, Herr Professor. Wir haben so gut wie keine Ergebnisse. Wir vermuten, dass die Mörder aus dem Umfeld der russischen Armee oder des russischen Geheimdienstes kommen. Aber es sind nur Vermutungen. Leider."

Der Professor schaute in die Runde.

„Sie kennen das Spezialkommando Wolga, das immer dann eingesetzt wurde wenn es irgendwo Unruhen gab oder renitente Oppositionelle zum Schweigen gebracht werden sollten? Für alle Aktivitäten ausserhalb der Legalität wurde das Spezialkommando eingesetzt. Nach dem Zerfall der Sowjetunion wurde die Truppe aufgelöst und die Mitglieder zerstreuten sich in alle Winde. So die Theorie.

In Wirklichkeit blieben die Meisten der Truppe treu und haben sich in der Privatwirtschaft als Unternehmen für Sicherheitsfragen etabliert. Diese Tarnung erlaubte ihnen, da weiter zu machen, wo sie offiziell aufgehört hatten. Nun aber stellten sie ihr Wissen und ihre Fähigkeiten denen zur Verfügung die am meisten zahlten. Das waren oft internationale Unternehmungen die sich nicht selbst die Hände schmutzig machen wollten."

Die Männer am Tisch schauten erstaunt auf Roth. Breton nickte, so etwa hatte sie es sich vorgestellt.

„Und sie wissen, wer hinter all diesen Verbrechen steckt?"

Ferret versucht ruhig zu bleiben.

„So weit bin ich noch nicht. Ich weiss von den Söldnern und sollte nächste Woche erfahren, wo sie sich aufhalten. An diesem Ort muss ein Unternehmen grosse Interessen haben und Probleme diese mit legalen Mitteln innert vernünftiger Zeit durch zu setzten."

„Wenn das wahr ist, dann haben sie uns ausserordentlich viel geholfen", sagte Ferret und entspannte sich langsam.

„Von ihnen könnten unsere Spione noch viel lernen, Herr Professor", sagte Breton und blickte in die Runde. „Ich schlage vor, dass wir weiter mit Professor Roth zusammenarbeiten. Dann werden wir auch die Hintermänner finden können."

Die Männer nickten zustimmend. Wieder ein Punkt für Breton.

Das Testament

„Nehmen sie bitte Platz, der Richter wird jeden Moment kommen."

In dem altehrwürdigen, schlichten Raum sassen Rebecca und Tom Hart zusammen mit ihrem Anwalt Parsival Green. Auf den anderen Stühlen sassen Jonathan Hendersen, der Sekretär des Verstorbenen und der Anwalt Hills, sowie, und das überraschte Tom Hart, der Butler.

Der Gerichtsdiener öffnete die Tür und der Richter betrat das Zimmer. Er schaute sich kurz um und schritt dann zu seinem imposanten, im Tudorstil gehaltenen Schreibtisch.

Tom Hart schaute verwundert auf den Richter.

Er hatte eine Robe und eine weisse Perücke erwartet, so wie die Richter in den Filmen gekleidet sind, doch dieser Mann trug einen dunklen, dezenten Zweireiher, einen Schlips in dem Farben des Empire und seine wachen Augen schauten durch die Gläser einer Brille mit feinem Goldrand.

Der Richter schaute seine Besucher der Reihe nach an. Sein Blick blieb auf Rebecca und Tom Hart liegen.

„Zuerst möchte ich ihnen mein Beileid aussprechen.

Sie sind die Eltern des Verstorbenen? Rebecca und Tom Hart?"

Die Beiden nickten.

Der Richter schaute auf die Kopien der Ausweise die vor ihm lagen. Er erkannte die Besucher.

„Lassen sie uns gleich zum Wesentlichen kommen.

Der Verstorbene hat bei diesem Gericht seinen letzten Willen beurkundet und hinterlegt und das Gericht gebeten, die Testamentseröffnung durchzuführen."

Der Richter griff nach einem versiegelten Umschlag, brach das Siegel entzwei und öffnete das Kuvert.

Dann zog er ein Dokument heraus und legte es vor sich hin.

„Dies ist mein letzter Wille. Unterzeichnet von Preston Hart."

Wieder schaute der Richter in die Runde.

Hendersen begann unruhig auf seinem Stuhl hin und her zu rutschen.

„Da Mister Hart keine speziellen Worte an die Hinterbliebenen gerichtet hat, kommen wir nun zu der Vermögensverteilung, dies ist wohl das was am meisten interessiert."

„Meine Angestellten, vertreten durch meinen Butler Tim Barton, erhalten eine einmalige Abfindung von einhunderttausend Pfund für jedes ganze geleistete Dienstjahr, für jedes angefangene Dienstjahr fünfzigtausend Pfund.

Mein Sekretär Jonathan Hendersen bekommt fünfhunderttausend Pfund.

Meiner Wohngemeinde hinterlasse ich, nebst der ordentlichen Steuer einen Betrag von zehn Millionen Pfund.

Die übrigen Vermögenswerte gehen an meine Eltern.

Gezeichnet Preston Hart, beglaubigt durch Richterin Margareta Thomsen, London im August Anno Zweitausendundvierzehn".

Wieder schaute der Richter in die Runde.

Das Gesicht des Butlers zeigte ein zufriedenes Lächeln. Mit dem Geld konnte er sich endlich ein kleines Häuschen kaufen und sich zur Ruhe setzen.

Auch die anderen Angestellten konnten sich ein sorgenfreies Leben gönnen, waren doch, bis auf den Stallburschen, alle jahrelang im Dienste von Preston Hart gestanden.

Dem gegenüber schaute der Sekretär leicht missmutig drein. Er hatte sich mehr erhofft, viel mehr.

Er dachte dabei an ein sorgenfreies, finanziell unabhängiges Leben. Eigentlich hätte er den Grossteil erben sollen, nicht diese Proleten der Familie Hart die keine Ahnung davon hatten mit dem Reichtum richtig umzugehen.

Der Richter räusperte sich, hob den Kopf und schaute wieder in die Runde.

„Nachdem die Vermögensverteilung erklärt ist, muss ich die Erben noch auf folgende, gesetzliche Bestimmungen hinweisen.

Gegen dieses Testament kann während dreissig Tagen, ab heute, Einspruch erhoben werden. Dies heisst für alle Beteiligten, dass sie frühestens in dreissig Tagen über ihren Anteil verfügen können. Wenn keine weiteren Fragen sind, erkläre ich die Testaments- Eröffnung für beendet.

Ich möchte Mister und Missis Hart bitten, noch einen Moment zu bleiben, den Anderen wünsche ich einen schönen Tag."

Rebecca und Tom Hart sassen regungslos auf den Stühlen. Tom hielt ihre Hand und sie klammerte sich daran wie an einen Rettungsanker.

Als die Anderen gegangen waren fragte Tom Hart:

„Wenn Preston seine Angestellten so grosszügig bedacht hat, wie viel bleibt dann noch? Von welcher Summe reden sie, Sir?"

„Ich spreche von einem dreistelligen Millionenbetrag."

Tom glaubte sich verhört zu haben.

„Bei der Beurkundung waren es rund siebenhundertfünfzig Millionen. In der Zwischenzeit sind eine paar Jahre vergangen und es wird noch mehr geworden sein. Der Vermögensverwalter der Bank wird ihnen die genaue Summe mitteilen können."

Beide starrten den Richter ungläubig an. Sie konnten es nicht fassen, konnten sich die Zahl nicht einmal vorstellen. Sie sassen da, sprachlos, wie gelähmt.

„Mister und Missis Hart, ich möchte sie nach nebenan in mein Amtszimmer bitten, da können wir alles weitere Besprechen.

Der Richter erhob sich und wandte sich der Tür zu.

„Mister und Missis Hart, würden sie mich bitte begleiten?

Wie in Trance standen Rebecca und Tom auf und folgten dem Richter. Sie konnten sich die immense Summe immer noch nicht vorstellen. Wie viel waren siebenhundertfünfzig Millionen?

****

Durch die hohen Fenster viel der Blick von Tom in den Innenhof und auf die vielen bunten Blumen.

Er hörte durch das geöffnete Fenster das Rauschen der Blätter und das Singen der Vögel. Die grosse Eiche schützte vor den direkten Sonnenstrahlen und im Arbeitszimmer des Richters war es angenehm kühl.

„Bitte setzen sie sich" sagte der Richter und wies auf das gemütliche und einladende Ledersofa.

„Was darf ich Ihnen anbieten? Tee oder Mineralwasser? Oder doch einen Whisky, auf den Schock hin."

„Ich glaube ich brauche jetzt einen Whisky", sagte Rebecca Hart und Tom sah seine Frau erstaunt an.

„Sehr gerne, Missis Hart, ich schliesse mich Ihnen an".

Der Richter lächelte. Er hatte Missis Hart richtig eingeschätzt. Eine Frau mit sanftem Wesen, immer darauf bedacht dass es allen gut ging, aber mit einem eisernen Willen versehen wenn es sich nicht vermeiden liess und ihre unsichtbaren Grenzen überschritten wurden. Und wenn es sie ganz persönlich betraf, so wie jetzt.

Der Richter brachte drei Gläser, setzte sich dazu und schenkte bedächtig einen alten Whisky ein.

„Ich habe sie zu mir gebeten, weil ihr Sohn Preston noch etwas hinterlegt hat. Zum Testament hat er noch einen Brief beigelegt und das Gericht gebeten diesen nach der Testamentseröffnung seinen Eltern, also ihnen beiden, zu übergeben. Ich wollte dies nicht vor den Anderen tun und habe sie deshalb gebeten zu bleiben.

Zudem müssen sie wohl erst mit dem Gedanken fertig werden, von einer Sekunde auf die Andere zu den reichsten Familien Englands zu gehören. Es wird einige Tage dauern bis sie sich der Tragweite bewusst werden.

Es ist deshalb auch gut, dass es noch mindestens dreissig Tage dauern wird bis sie über das Vermögen verfügen können".

„Ich weiss nicht ob dreissig Tage genügen werden. Und wenn ich daran denke was noch auf uns zukommen wird.

Die Familie, Freunde, Bekannte, alle die an unserem vermeintlichen Glück teilhaben möchten." Tom Hart schüttelte den Kopf und schaute hilfesuchend auf seine Rebecca.

„Haben sie eine Ahnung was in dem Brief steht, Sir?"

Rebecca nahm einen grossen Schluck Whisky. In ihrem Magen breitete sich eine wohlige Wärme aus. Nun war sie bereit, nun konnte sie fast nichts mehr erschüttern.

„Nein, Missis Hart, über den Inhalt des Briefes ist mir nichts bekannt. Das wäre auch nicht im Sinne ihres Sohnes gewesen."

Auch der Richter nahm einen kräftigen Schluck.

„Ich mache ihnen ein Angebot, sie können den Brief jetzt mitnehmen, wie dies vorgesehen war, oder ich lasse sie allein und sie können den Brief in Ruhe hier lesen." Dabei schaute er auf das Paar, dann stand er auf und ging zur Tür. Dort drehte er sich kurz um.

„Lassen sie sich so viel Zeit wie sie brauchen und wenn sie meinen Rat benötigen, ich bin nebenan und – er wies auf den Whisky, nehmen sie nur, von dem habe ich noch reichlich."

Dann drehte er sich um und bevor die Harts etwas entgegnen konnten, war er durch die Tür verschwunden.

Rebecca und Tom starrten schweigend auf den Brief der vor ibhnen auf dem niedrigen Clubtisch lag. An meine Eltern Tom und Rebecca, stand in eckiger Schrift auf dem Umschlag.

Rebecca wartete bis Tom den Brief nahm und ihn vorsichtig öffnete.

Die Handschrift erkannten sie nicht. Wie sollten sie auch, hatten sie ihren Sohn doch schon seit vielen Jahren nicht mehr gesehen.

Rebecca rutsche nahe zu ihrem Ehemann. Tom öffnete den Umschlag, faltete den Brief auseinander und begann laut zu lesen.

„Liebe Eltern, wir haben uns aus den Augen verloren und kennen uns nicht mehr.

Ich weiss, dass das allein meine Schuld ist und ihr immer versucht habt zu mir vorzudringen, was ich stets verhindert habe. Ich habe meinen Traum von Reichtum und Macht verwirklicht und spüre, dass es immer so weiter gehen muss, dass ich immer noch mehr haben will, mehr haben muss, dass ich gar nicht mehr anders kann.

Ich weiss, dass sind ungewohnte Worte für euch, aber ich möchte, dass ihr vielleicht ein kleines bisschen erahnen oder verstehen könnt, was mich mein Leben lang angetrieben hat. Ihr habt mich nicht aus eurem Haus vertrieben, ich bin aus freiem Willen gegangen. Dass ich dabei meine Familie verloren habe war der Preis den ich zu zahlen immer bereit war.

Nun bin ich nicht mehr und mit dem Vermögen dass ich euch hinterlasse könnt ihr euch endlich eure Träume und Wünsche erfüllen. Die Träume und Wünsche der ganzen Familie. Dabei wünsche ich euch viel Glück. Eurer Sohn Preston."

Rebeccas Augen füllten sich mit Tränen und Tom schaute ins Nichts.

Dann sagte er leise. „Er hätte sich nie geändert. Geld und Macht waren seine Ideale und wohl auch seine Dämonen. Seine Familie zählte da nicht mehr. Er hat nie verstanden was Familie bedeutet. Eigentlich war er ein armer Junge – unser Sohn."

„Ja, Tom, er war ein armer Junge. Aber wir hätten nichts für ihn tun können. Er hatte sein Leben gewählt und darin hatten wir keinen Platz. Wir aber dürfen ihn nicht aus unserem Leben streichen. Zu mindestens im Tod soll er bei seiner Familie sein."

„Und ich hatte immer die Hoffnung er werde eines Tages zur Vernunft kommen und wir würden wieder für einander da sein, so wie es früher war."

Tom schob den Brief wieder in den Umschlag zurück und steckte ihn ein. Dann nahm er den letzten Schluck aus dem Glas und schaute auf Rebecca.

„Wir müssen nach vorne schauen. Wir werden noch viele Gefechte zusammen durchstehen müssen und wenn wir wollen dass von dem vielen Geld auch etwas Gutes entstehen kann, werden wir uns mit Händen und Füssen wehren müssen."

„Du hast Recht, Tom. Darum habe ich überlegt ob wir nicht umziehen sollten. Und warum nicht in das Haus von Preston. Das liegt ruhig und abgelegen und weit entfernt von Allen die wir kennen.

Auch wenn es wie Flucht aussieht, es wird uns schützen und uns die Zeit geben uns an das neue Leben zu gewöhnen."

Verblüfft schaute Tom auf seine Frau. Soweit waren seine Gedanken noch gar nicht gegangen. Aber es war typisch für Rebecca und er hatte dies immer an ihr bewundert. Sie hatte einen messerscharfen Verstand, eine zwingende Logik und einen überragenden Sinn fürs Praktische. Und er fand in diesem Moment kein Argument dagegen.

„Dann machen wir das so", sagte er und küsste seine Frau zärtlich. Er hoffte, dass sie die Entscheidung nie bereuen würden.

****

Tage später, in aller Stille und von der Familie, den Freunden und Nachbarn unbemerkt, suchten sie die Dinge zusammen die in ihrem Leben eine wichtige Rolle gespielt hatten und die sie nicht missen wollten.

Fotos, Postkarten und Briefe der Familie, Filme der Kinder, Ferienerinnerungen, auch wenn es nicht sehr viele waren.

Sie suchten die persönlichen Unterlagen und Erinnerungsstücke zusammen und verstauten alles in zwei grossen Umzugsschachteln. Dazu kamen drei Koffer mit Kleidern und Schuhen.

Alles stand nun im Wohnzimmer bereit und Tom und Rebecca schauten auf die Schachteln und Koffer.

„Viel haben wir nicht – nach einem so langen Leben" sagte Tom mit hängenden Schultern.

Rebecca schlag ihre Arme um seinen Hals und küsste in sanft.

„Wir haben nie viel gebraucht in unserem Leben. Wir haben uns und unsere Kinder. Das ist mehr als andere Menschen je haben werden und ist mit keinem Gold der Welt aufzuwiegen."

Tom schaute seine Frau lange an.

„Und wie immer muss ich dir beipflichten."

„Dann wollen wir das Wenige in den Wagen packen und uns auf die Reise machen. Wir werden gegen Abend erwartet und es sind doch einige Stunden Fahrt."

Rebecca löste die Umarmung und wollte nach ihrer Jacke greifen doch Tom hielt sie zurück.

„Rebecca, ich habe Angst. All das viele Geld, all der Reichtum, werden wir dieselben bleiben?

Oder werden wir wie die, gegen welche wir ein Leben lang auf-
begehrt hatten, gegen die wir immer gekämpft haben? Was wird
aus uns werden?"

Rebecca sah ihren Mann an.

„Ich habe auch Angst vor unserer Zukunft, auch ich weiss nicht
was wird, was mit uns geschehen kann.

Aber eines weiss ich ganz bestimmt und das wird sich auch
nicht ändern, egal was kommt, Tom Hart, ich liebe dich."

****

Die Fahrt aus der Stadt, die so lange ihr Zuhause gewesen war,
führte durch die tristen Vororte in denen viele ihrer Freunde und
Kameraden, viele Mitglieder der Gewerkschaft wohnten, hinaus
aufs Land. Entlang von Feldern, Wäldern und Flüssen führte sie
die Strasse immer weiter in den Norden. Die Gegend wurde rauer,
die Wälder traten zurück und gaben grünen Hügeln Platz. Rebecca
lenkte den Wagen sicher über die schmalen Strassen und Tom
suchte auf der Karte immer wieder nach dem richtigen Weg.

„Es kann nicht mehr weit sein, nach dem nächsten Dorf noch
etwa zehn Kilometer, dann an der Kreuzung nach links und nach
ein paar hundert Metern sollte die Einfahrt zum Haus sein.

Als sie die Kreuzung erreicht hatten und nach links abgebogen
waren, sahen sie am Strassenrand ein Schild dass auf Hilver Castel
hinwies. Rebecca hielt an.

„Da wären wir also."

„Ja, da wären wir."

Sie suchten beiden die Hand des Anderen und drückten sie.

„Zusammen werden wir es schon schaffen, Rebecca."

„Zusammen schaffen wir alles, Tom."

Dann bogen sie in die Einfahrt ein und hielten vor dem grossen, eisernen Tor. Bevor sie reagierten konnten schwangen die mächtigen Flügel auf und gaben den Weg frei.

Langsam fuhren sie die Allee entlang, staunten über die alten, mächtigen Eichen und sahen von weitem das grosse Haus durch die Bäume schimmern. Je näher sie kamen umso grösser schien das Haus zu werden.

Als sie auf den Hof fuhren glaubten sie zu träumen. Vor ihren erhob sich ein riesiges Schloss mit Türmen und Zinnen, mächtigen Mauern und hohen Fenstern.

Sie stiegen aus dem Wagen und blieben stehen, überwältigt von dem Anblick.

Eine grosse Treppe führte hinauf zu der riesigen, zweiflügligen Tür die ihnen so gross wie ein Scheunentor erschien.

Dann schwang die Tür auf und ein livrierter Butler erschien. Gemessenen Schrittes kam er auf sie zu und blieb kurz vor ihnen stehen. Er verneigte sich leicht.

„Missis und Mister Hart, mein Name ist Barton, willkommen auf Hilver Castel, ich hoffe sie hatten eine angenehme Reise. Wenn sie mir bitte folgen würden, im Salon haben wir eine kleine Erfrischung für sie vorbereitet. Wenn ich vorgehen darf."

Er verlor kein Wort darüber, dass er sie an der Testamentseröffnung kennengelernt hatte.

Er drehte sich um und ging gemessenen Schrittes zurück. In der Zwischenzeit hatte sich das Personal am Fusse der Treppe versammelt. Der Butler stellte sie der Reihe nach vor. Sie nickten den neuen Herren von Hilver Castel freundlich zu. Nur einer schien nicht begeistert zu sein. Barton blieb stehen.

Mister Henderson kennen sie, er war der Privatsekretär von Mister Preston Hart. Henderson verneigte sich steif, als hätte er einen Stock verschluckt.

„Willkommen auf Hilver Castel."

Tom und Rebecca folgten dem Butler die breite Treppe hinauf ins Innere des Schlosses. Sie konnten sich noch immer nicht vorstellen in so einem riesigen Haus zu wohnen, umgeben von all dem Glanz und Reichtum. Als sie sich im Salon in die bequemen Ledersessel sinken liessen, waren sie noch immer überwältigt von den Ausmassen und der Grösse um sie herum.

Jahrzehnte lang hatten sie in einem kleinen Reihenhaus gewohnt und nun überlegten sie, ob sie sich hier wohl fühlen oder sich verloren vorkommen würden.

„Einem kurzen Moment, Mister Barton, ich hätte noch ein paar Fragen". Der Butler drehte sich zu Hart um. „Wie sie wünschen, Sir".

„Bitte Mister Barton, setzen sie sich zu uns und lassen sie bitte den Sir weg."

„Wenn sie darauf bestehen, Mister Hart".

Barton setze sich auf die Sesselkante und es war ihm anzusehen, dass er sich dabei nicht wohl fühlte. Er war sich solches nicht gewohnt.

„Zuerst möchten wir uns für den herzlichen Empfang bedanken.

Wir haben nicht damit gerechnet, dass noch alle Angestellten hier sein werden".

„Wir haben anlässlich einer Personalversammlung darüber diskutiert und sind zum Schluss gelangt, dass wir hier im Hause bleiben werden, solange bis Ersatz für uns gefunden wurde.

Dies sind wir Ihrer Familie schuldig, den Mister Hart hat uns immer sehr fair und anständig behandelt".

„Wir danken Ihnen Mister Barton und möchten auch dem ganzen Personal unseren Dank aussprechen".

„Das werde ich gerne weitergeben, Mister Hart".

Barton erhob sich, verneigte sich kurz und mit einem kleinen, feinen Lächeln in seinem sonst immer gestrengen Gesicht verliess er den Salon.

Die Suche geht weiter

Summers sass an seinem Schreibtisch und starrte auf die Meldungen die er aus den Zeitungen zusammen getragen hatte. Er hatte sie chronologisch geordnet und las zum wohl hundertsten Mal die Artikel.

„Der bekannte Lord Carenteer wird seit Sonntag, den 21. Juli vermisst. Er hatte Milford Haven mit seinem Segelboot verlassen und wollte durch den St. Georgs-Kanal nach Irland segeln. Eine Fahrt die er schon viele Male gemacht hatte.

Als er in Greystones nicht ankam, wurde vermutet, dass ein Schaden an seinem Boot aufgetreten war. Da niemand ein Zeichen von ihm bekam, wurde davon ausgegangen, dass seine Funkanlage ausgefallen war. Als er sich am folgenden Tag immer noch nicht gemeldet hatte, wurde die Küstenwache alarmiert, denn es drohte ein Wetterumschwung und orkanartige Böen waren für dieses Seegebiet angekündigt. Die Küstenwache fand das Boot kieloben treibend, zehn Seemeilen vor Greystones. Von Lord Carenteer fehlt bis heute jede Spur.

Die Hoffnung er würde im inneren des Bootes in einer Luftblase überlebt haben, zerschlugen sich, als Taucher das Schiff durchsuchten und niemanden fanden. Der Suchradius um das Boot wurde bis zur Küste ausgedehnt und die Meeresströmungen einberechnet. Doch der Lord blieb bis heute verschwunden.

Die These, er habe aus seinem bisherigen Leben aussteigen wollen und wäre deshalb spurlos verschwunden, wurde haltlos, als seine Familie von ihm kein einziges Lebenszeichen erhielt und auch keines seiner Bankkonten irgendwelche Bewegungen zeigten.

Das Mysteriöse war, dass das Segelboot keinerlei Beschädigungen aufwies, die See seit Tagen ruhig war und nur ein leichter Südwind wehte. Wie das Boot kentern konnte, bleibt bis heute ein Rätsel.

Die zweiten Artikel hatte er nicht weniger oft gelesen. Lord Hermsteat war in seinem Wagen von einer Strassenwalze erdrückt worden. Die Chance dass dies passieren konnte war eins zu einer Million, mindestens. Wie sich die Walze in Bewegung setzen konnte war immer noch nicht geklärt.

Und schliesslich die dritten Artikel, die den Fall Preston Hart betrafen. Auch hier meldeten die Zeitungen, dass die Unglücksursache noch nicht bekannt sei.

In allen drei Fällen sei die Polizei einer Lösung noch keinen Schritt näher gekommen.

Summers lächelte in sich hinein. In seinem Fall war er ein grosses Stück weiter gekommen. Es war kein Unfall den Preston Hart das Leben gekostet hatte. Es war Mord.

Und die anderen beiden Fälle waren auch keine Unfälle, das spürte er. Darum hatte er an höherer Stelle um Akteneinsicht gebeten, doch das war ihm, mit der Ausrede es handle sich um laufende Verfahren, verwehrt worden.

So sah er sich gezwungen, seine Beziehungen spielen zu lassen. Eigentlich war ihm das zuwider, aber wenn er auf dem offiziellen Weg keinen Erfolg hatte, musste er sich anderweitig behelfen.

Diskret begann er sich umzuhören, fragte seine Kollegen welche er von Lehrgängen und Zusammenkünften kannte und nahm Kontakt mit einem Reporter bei der Zeitung Daily News auf. Dieser war ihm noch einen Gefallen schuldig, hatte er ihm doch zu der weltweit gelesenen Story über einen skrupellosen und gemeingefährlichen Bankräuber aus dem Umfeld des organisierten Verbrechens verholfen.

„Zeit die Schulden einzutreiben" sagte er laut und griff zu Telefon.

„Hallo Riesen, hier ist Summers, lange nichts mehr von ihnen gehört, was macht die schreibende Zunft?"

„Hallo Inspektor Summers, was verschafft mir das unerwartete Vergnügen?"

„Ich wollte nur mal nachfragen wie es meinem Lieblingsreporter geht und dabei diskret darauf hinweisen, dass ich bei ihnen noch etwas gut habe."

„Danke der Nachfrage, mir geht es gut, - noch."

Riesens Stimme wurde leiser.

„Können wir das im Old Smuggler besprechen? So wie früher. Ich kann hier am Telefon nichts sagen, zu viele Ohren, wenn sie verstehen."

„Gut Riesen, dann sagen wir morgen Nachmittag um vier am alten Ort?"

„Passt mir gut, dann bis morgen."

Summers legte den Hörer zurück und widmete sich wieder den Unterlagen auf seinem Schreibtisch.

Die Sonne hatte ihren Zenit erreicht und schickte sein Licht durch die hohen Fenster in sein Büro.

Die Sonnenstrahlen tanzten über den dunklen Eichenboden, flossen über den Schreibtisch bis zur hellen Wand mit dem überladenen Büchergestell. Auch wenn das Büro mit Akten vollgestopft schien, auf seinem Schreibtisch herrschte schon fast gähnende Leere. Computer, Telefon, Schreibzeug und die aktuellen Akten, mehr war auf dem grossen und mächtigen Tisch nicht zu finden. Nichts persönliches, und doch wirkte der Raum nicht nüchtern, sondern durchaus wohnlich.

Dies lag wohl an den langen, dunkelblauen Gardinen, der gemütlichen Sitzecke in blauem Leder und dem mächtigen Kronleuchter der von der weissen Decke hing.

Summers gefiel der Raum und er hatte bis heute jeden Umzug in ein anderes, grösseres Büro angelehnt, auch wenn es ihm auf Grund seines Ranges zugestanden hätte.

„Was soll ich in einem grösseren Büro? Die Arbeit bleibt die Gleiche und mir gefällt es hier."

Was er nicht sagte, aber der Hauptgrund war, warum er nicht wechseln wollte, war der, dass das neue Büro näher beim Chef, näher beim Zentrum der Bürokratie lag und er seinen Job nicht mehr in Ruhe hätte erledigen können. Hier aber, am Ende des Korridors, da, wo niemand freiwillig hinkam, da konnte er es noch.

****

Als Summers am folgenden Tag um vier Uhr das Old Smuggler betrat, es war im Inneren des Lokals immer noch gleich finster wie beim letzten Mal, und das war schon eine Weile her, sah er Carl Riesen im hinteren Teil des Pubs in einer Ecke sitzen. Vor sich ein grosses Guinness.

Es ging beim Tresen vorbei und bestellte sich ein Fosters. Mit dem Bier in der Hand schlenderte er durch das Lokal.

Dann stellte das Bier vor Riesen auf den Tisch, angelte sich einen Stuhl und setzte sich.

„Muss in eurem Laden ja viel los sein, dass wir uns hier treffen", sagte Summers und hob sein Glas.

„Aber erst mal Prost, - und auf eine gute Zusammenarbeit."

Skeptisch schaute Riesen auf den Inspektor.

„Was haben sie diesmal für ein Problem?", fragte er ohne eine Antwort zu erwarten und nahm einen grossen Schluck Guinness.

„So lässt es sich leben. Also, was ist es dieses Mal?"

„Ich weiss, dass sie sich mit dem Verschwinden von Lord Carenteer auf hoher See beschäftigt haben und ihnen auch der Unfall von Lord Hermsteat nicht unbekannt ist.

Sie haben in beiden Fällen sogar eine Kolumne geschrieben und sich gefragt, ob es Zufall oder Schicksal war, dass Beide in denselben Kreisen verkehrten, in demselben Club gingen und auch geschäftlich eng miteinander verbunden waren."

„Ja, ich kann mich gut daran erinnern. Ich versuchte zwischen den beiden Unfällen eine Verbindung herzustellen, konnte aber nichts Entscheidendes finden."

Riesen schaute fragend auf Summers.

„Was hat ein Inspektor aus dem Norden hier in Wales verloren? Haben sie wieder eine grosse Geschichte der sie auf der Spur sind?"

„Das weiss ich noch nicht", sagte Summers und nahm einen grossen Schluck.

„Zuerst möchte ich wissen, wer die Inspektoren waren welche die Fälle bearbeiteten und was für einen Eindruck sie von deren Arbeit haben."

„Das ist Alles? Und deswegen haben sie den weiten Weg gemacht? Da muss doch noch mehr dahinter stecken, so gut kenne ich sie doch".

„Vorerst will ich nur an die beiden Polizeiakten kommen und mir ein Bild von den Untersuchungen machen, mehr nicht."

„Wirklich nicht?"

„Nein, und wenn sie schon nichts gefunden haben, und ich weiss dass sie gut sind, dann werde ich wohl auch nichts finden."

„Ich könnte ihnen aber trotzdem helfen. Schliessen wir doch einen Deal. Ich helfe ihnen und sollte der unwahrscheinliche Fall eintreten, dass doch eine Story dabei herausschaut, könnten sie sich überlegen, ob sie damit bei mir an der richtigen Stelle wären."

„Das klingt sehr vernünftig", lachte Summers. „Darauf müssen wir anstossen."

Er bestellte zwei Bier und noch lange sassen sie zusammen und plauderten über Gott und die Welt, tranken Bier und liessen es sich gut gehen.

Beide schätzten ihr gegenüber und nach drei Stunden und etlichen Runden trennten sich Marc der Bulle und Carl der Schreiberling.

****

Zwei Tage später bekam er ein Email von Riesen. Im Anhang fand er die Untersuchungsberichte der beiden Unfälle.

Summers grinst vor sich hin. „Wie zum Teufel ist der Schreiberling nur an diese Akten gekommen."

Er schaute kurz in die Berichte und wusste, das hatte er gesucht.

„Das gibt eine grosse Geschichte, Riesen könnte damit gar den Pulitzerpreis gewinnen."

Er druckte die ganzen Akten aus, denn er las sie lieber auf Papier und nicht vom Bildschirm.

Zudem konnte er überall seine Notizen und Querverweise anbringen und - das fand er den grössten Vorteil -, er konnte den Bericht an seine Pinnwand heften, konnte einzelne Passagen neu ordnen und dem Ganzen die notwendige Struktur geben.

118

Auch wenn am Ende die Pinnwand wie ein Flickenteppich aussah, übersät mit verschiedenfarbigen Randbemerkungen, war in dem ganzen Gewirr ein System zu entdecken. Chronologische Abläufe und Beziehungen der Opfer waren deutlich zu erkennen.

Die Wand war bisher jedes Mal der Schlüssel zum Erfolg für Inspektor Marc Summers gewesen.

Er las, wohl zum zehnten Mal, den Bericht über den Segelunfall und studierte die Fotos.

Etwas war merkwürdig, auch wenn es im Bericht nur am Rande erwähnt wurde und auf den Bildern nur schwer zu erkennen war.

Das kurze Schwert hatte ein kreisrundes Loch, was er noch bei keinem Schiff gesehen hatte. Wofür sollte das Loch gut sein? War es vom Hersteller so gewollt? Wurde es später zur Verbesserung der Segeleigenschaften gebohrt?

Summers konnte es sich nicht erklären, fand keine Antwort darauf. Einen kurzen Moment dachte er nach, dann griff er zum Telefon.

„Hallo Ben, hier ist Marc."

„Hallo Marc, was gibt es Neues?

„Ben, ich habe eine Frage an dich. Du bist doch leidenschaftlicher Segler und kennst dich aus. Ich habe hier ein Foto von einem gekenterten Segelboot mit einem Loch im Schwert."

„Durch einen Unfall entstanden? Ich hatte mal so ein Boot zur Untersuchung hier, du weisst ja, dass alle ihre Probleme bei der Kriminaltechnik abladen."

„Aber ich doch nicht, mein Freund. Nein, Ben, das Loch ist nicht beim kentern entstanden, es ist sauber gebohrt und etwa zehn Zentimeter im Durchmesser. Und ich frage mich, wofür soll das gut sein."

„So etwas habe ich auch noch nie gesehen. Aber mir kommt da spontan eine Idee. Wenn du da unten etwas befestigst, wird es der Zoll nie finden, ausser sie setzten Taucher ein, was sie bei kleinen Booten nie machen. So könntest du eine Kiste Whisky oder Rauschgift schmuggeln."

„Wieder typisch deine blühende Fantasie, lieber Ben. Obwohl – es könnte so gewesen sein. Oder es wurde etwas anderes daran befestigt."

„Wenn du mir das Schwert vorbei bringst, kann ich dir mehr sagen."

„Geht leider nicht - und ich dürfte davon eigentlich gar nichts wissen, es ist ein laufendes Verfahren und ich habe offiziell keine Akteneinsicht bekommen."

„Dann hast du wohl wieder deine Beziehungen spielen lassen. Wer war diesmal das Opfer?

„Carl Riesen, vom Daily News, solltest du noch kennen."

„Ich erinnere mich gut an ihn. Die Sache hat damals auch mächtig Staub aufgewirbelt. Und was ist es dieses Mal?"

„Diesmal, mein Freund, könnte es eine noch grössere Story werden."

„Aber sei vorsichtig, Marc, du hast das letzte Mal sehr viel Glück gehabt. Beinahe hättest du deinen Job verloren."

„Das wird nicht passieren, Ben. Was würdest du auch ohne mich machen. Dir würde es in deinem Labor nur langweilig werden."

„Trotzdem, versprich mir dass du vorsichtig bist und ruf an wenn du mich brauchst, Tag und Nacht."

„Versprochen, Ben, und – danke."

****

Summers fand im Untersuchungsbericht den Namen der Herstellerfirma und fragte nach ob noch jemand über das Boot Bescheid wüsste. Er hatte Glück, denn der Seniorchef konnte sich erinnern.

Das Loch im Schwert war nicht serienmässig und seit der Kiellegung des Bootes vor bald zwanzig Jahren, hatte der Bootsbauer auch noch nie ein Loch in einem Schwert gesehen. Er konnte sich den Sinn auch nicht erklären. Strömungstechnisch war es eher eine Verschlechterung.

Summers bedankte sich. Wieder war er einen Schritt weiter.

„Dann muss jemand das Loch nachträglich gebohrt haben", überlegte er und notierte es am Rand des Untersuchungsberichtes.

Er würde sich diskret beim Hafenmeister und in der Werft die das Boot wartete, erkundigen, ob sie vom Loch wussten oder wer es gebohrt haben könnte.

Keiner wusste von dem Loch. Niemand hatte es zuvor gesehen. Wie also kam das Loch in das Schwert und vor allem, wann wurde es gebohrt und warum?

„Solange ich nicht weiss wofür das verdammte Loch gut ist, werde ich nicht herausfinden, wer es gebohrt hat." Summers war frustriert.

ghDas ging ja schon sehr erfolgreich los.

Wenn er dann noch an die führerlose Strassenwalze dachte, wusste er, dass auch dies eine Knacknuss erster Güte sein würde.

„Warum eigentlich führerlos? Wer hatte das festgestellt? Und wie?" Er begann sich auch in den zweiten Unfall zu vertiefen.

Familie

„Wir wussten doch, das es früher oder später so kommen wird", Rebecca Hart schaute zum Fenster hinaus in den grossen Park der das ganze Anwesen umschloss. „Wir werden auch das gemeinsam durchstehen, so wie alles was bisher auf uns zukam".

„Du meinst die vielen Briefe in denen jeder unser Freund sein wollte? Da konnten wir noch nein sagen oder die Schreiber einfach ignorieren, aber nun müssen wir Farbe bekennen". Tom Hart macht ein sorgenvolles Gesicht. Er wollte er könnte so ruhig bleiben wie Rebecca.

Diese kehrte zu ihm zurück und setzte sich neben ihn. „Tom, egal was kommt, es sind und bleiben unsere Kinder, denke bitte immer daran".

„Ja, das werde ich, versprochen".

Als sie von der Strasse in die Zufahrt einbogen, staunten sie über den riesigen Park und die imposante Grösse des Schlosses. Hier also lebten nun ihre Eltern, ihre Grosseltern.

Sie parkierten die beiden Wagen am Rande des grossen Vorplatzes. Der neue Butler nahm sie in Empfang und führte sie die Treppe hinauf in die Halle.

„Bitte warten sie hier einen Moment, ich werde sie den Herrschaften melden".

Bevor jemand etwas erwidern konnte, war der Butler verschwunden. So lautlos wie er verschwunden war, kam er wieder zurück.

„Wenn sie mir bitte folgen würden, die Herrschaften erwarten sie im Salon".

Zaghaft folgten sie dem Butler und betraten den Salon. Die Grösse und der Reichtum machten sie sprachlos.

Sie schauten sich um und konnten nicht glauben, dass es so viel Luxus an einem einzigen Ort gab. Im Fernsehen hatten sie schon solches gesehen, aber in echt, da war es noch viel unglaublicher.

„Willkommen auf Hilver Castel, was wollt ihr trinken? Ihr habt doch bestimmt Durst nach der langen Reise." Rebecca bemühte sich einen ganz alltäglichen Ton anzuschlagen.

„Ja, gerne, etwas zu trinken wäre gut", sagte Jeremie und setze sich auf das grosse Sofa. „Am liebsten wäre mir ein kühles Bier".

Rebecca nickte dem Butler zu und dieser verschwand lautlos durch die nächste Tür.

„Wollt ihr zuerst das Haus besichtigen oder erst nach dem Essen?"

Rebecca schaute fragend auf die Familie.

„Ich kann euch das Haus und den Garten zeigen, wenn ihr das wollt", sagte Tom, blieb aber nahe am Kamin stehen und wartete auf die unvermeidliche Konfrontation.

„Wir können das Ganze immer noch besichtigen. Ich glaube es sind wichtigere Dinge zu klären".

Jeremie hatte sich zum Sprecher der Familie erhoben.

„Warte, Jeremie", Tom hob die Hand wie ein Stoppschild und wandte sich dann an Simon, den Ältesten seiner Enkelkinder. „Wollt ihr nicht nach draussen in den Park? Ihr könnt auch in den Stall gehen und nach den Pferden sehen".

„Pferde? da gehen wir hin, das wird toll", rief Zoe, das älteste der drei Mädchen, zog Simon einfach mit und kurz darauf waren die Fünf verschwunden.

„Also Jeremie, jetzt kannst du deine Fragen stellen". Tom lies die Hand wieder sinken.

„Warum seid ihr, ohne ein Wort zu sagen, einfach verschwunden? Wir fühlten uns im Stich gelassen."

Rebecca setzte sich zu ihren Kindern und als der Butler wieder verschwunden war, begann sie zu erzählen.

„Euer Vater und ich waren bei der Testamentseröffnung und haben erst da erfahren, was uns Preston hinterlassen hat. Das mussten wir erst selber einmal verdauen.

Und um das zu können, sind wir hierher gezogen. Um für ein paar Tage Ruhe zu haben und uns auf die neue Situation einzustellen.

Bitte seit uns deswegen nicht böse, wir hätten uns schon noch bei euch gemeldet, schliesslich sind wir eine Familie".

„Ja, das sind wir und darum haben wir auch das Recht zu erfahren wie viel unser Bruder hinterlassen hat". Jeremie schaute gespannt auf seine Mutter.

Rebecca schaute hilfesuchend auf ihren Mann.

Tom kam langsam durch den Salon geschlendert, stellte sich hinter seine Frau und legte ihr behutsam seine Hände auf die Schultern.

„Ihr habt das Anwesen gesehen, es ist riesig und die Ländereien südlich des Parks gehören ebenfalls dazu. Der rechte Stall ist vollgestopft mit teuren Oldtimern und im Linken sind wertvolle Renn- und Springpferde untergebracht. Die Ställe habt ihr bestimmt gesehen. Dann sind da noch zwei Häuser am Meer und eines in London. Dazu eine grosse Jacht die im Hafen von Bridlington liegt".

Rebecca griff nach Toms Händen auf ihren Schultern und drückte sie fest. Sie spürte, dass er ihre Nähe brauchte.

„Dann war er ja echt reich, unser Bruder", meldete sich Susanne und Tom glaubte wieder ein glitzern in ihren Augen zu sehen. Sie würde sich nie ändern.

„Ja, Preston war reich, sehr reich. Alles was ihr hier sehen könnt und was ich euch aufgezählt habe gehörte ihm."

Tom machte eine kleine Pause, weiter wollte er nicht gehen.

Rebecca verstärkte den Druck auf seine Hände.

„Bitte, Tom", sagte sie ohne aufzusehen.

Tom räusperte sich.

„Das ist aber nur der kleinste Teil des Erbes. Preston gehörten verschiedene Firmen und er war an unzähligen Unternehmen beteiligt. Wir haben noch keinen Überblick über das Ganze und es wird wohl noch eine Weile dauern bis wir den haben".

„Und was hat das Ganze für einen Wert? Wie viel hat Preston insgesamt hinterlassen?" Jeremie schaute gespannt auf seine Eltern.

„Der Bank sagte es wäre rund eine und zweihundert."

„Eine Million und zweihunderttausend Pfund?"

„Nein, nicht Millionen, - Milliarden."

Zuerst herrschte Ruhe im Salon. Sie versuchten sich die unglaubliche Summe vorzustellen. Dann sahen sie sich gegenseitig an, begannen zu lachen, zu schreien und herum zu tanzen.

„Wir sind reich, wir sind reich", schrien sie durcheinander.

Tom und Rebecca rührten sich nicht. Sie wussten was noch kommen würde und sie fürchteten sich vor dem Augenblick.

„Und wie viel bekommen wir? Oder wollt ihr alles für euch behalten"?

Kaum hatte Susanne diese Frage gestellt, war es schlagartig ruhig im Salon.

„Solange wir nicht wissen wie sich das Vermögen zusammensetzt können wir nichts verteilen.

126

Das Meiste ist langfristig investiert oder in Sachen angelegt die sich nicht so einfach von heute auf morgen verkaufen lassen. Zudem ist nur wenig Bargeld vorhanden, ein paar tausend Pfund.

Und auch wenn wir wollten, wir können über das Erbe noch nicht verfügen, denn noch ist die Frist von dreissig Tagen seit der Testamentseröffnung nicht verstrichen. So lange kann das Erbe angefochten werden".

„Und wer kann das Erbe anfechten" fragte Jeremie.

„Jeder der einen Anspruch auf das Erbe haben könnte".

„Dann kann das doch jeder."

„Wenn er beweisen kann, dass ihm das Erbe, oder ein Teil davon, zusteht. Das wird vom Gericht geprüft und darüber entschieden ob die Ansprüche berechtigt sind oder nicht."

„Dann könnten auch wir als seine Geschwister Anspruch erheben."

„Das könntet ihr. Aber dann müsst ihr daran denken, dass das Erbrecht es genau regelt, und dass sich dann die Frist über die Verfügbarkeit des Erbes bis zum definitiven Gerichtsentscheid verzögert.

In manchen Fällen dauerten die Prozesse jahrelang."

Wieder herrschte Schweigen.

„Ihr habt Vater gehört", sagte Jeremie, „ihr müsst noch etwa Geduld haben".

„Und in der Zwischenzeit lebt ihr hier in Saus und Braus und wir nagen am Hungertuch".

Der Zornesausbruch von Susanne überraschte alle.

„Ich kenne eine Möglichkeit wie wir an das Erbe kommen ohne auf eure Almosen angewiesen zu sein, kommt wir gehen".

Sie sprang förmlich aus dem Sessel und mit hochrotem Gesicht rauschte sie aus der Tür. Die Anderen trauten nicht ihr zu wieder sprechen, zu resolut war ihr Auftritt, - und wenn sie wusste wie sie zu Geld kommen würden - sie folgten ihr Alle.

Rebecca sass wie versteinert auf dem Sofa. Dann begann sie plötzlich zu weinen und schluchzend fragte sie „Was haben wir ihr nur angetan, dass sie uns so hasst".

Tom setzte sich neben sie und nahm sie tröstend in die Arme.

„Wir haben immer versucht unseren Kindern ein Vorbild zu sein. Manchmal ist es eben nicht genug und man kann es nicht ändern."

Langsam versiegten ihre Tränen und sie schmiegte sich an ihr, dankbar ihn zu haben.

„Was meinte Susanne als sie sagte sie kenne eine Möglichkeit an das Erbe zu kommen?

Nach dem Gesetz sind wir doch erbberechtigt".

„Ja, das sind wir. Solange niemand behauptet wir seien nicht mehr zurechnungsfähig".

Erste Erfolge

Endlich wieder einmal Sonnenschein und warm. Die Leute hatten genug von zwei Wochen Dauerregen.

Summers sass in einem Strassenkaffe und schaute den Leuten zu die sommerlich gekleidet durch die Strassen flanierten. Ein herrlicher Tag.

„Verzeihung, ist dieser Platz noch frei?" Der Inspektor schreckte aus seinen Gedanken auf und schaute leicht irritiert auf die ältere Dame, welche vor ihm stand und auf einen der Stühle wies.

„Natürlich, der Platz ist noch frei", sagte Summers und machte eine einladende Geste.

„Vielen Dank", sagte die Frau und setzte sich. Jetzt bemerkte Summers, dass die ältere Dame nicht allein unterwegs war. Ein rostbrauner Spaniel sass schwanzwedelnd neben ihrem Stuhl und sah sein Frauchen mit treuen Augen an. Es schien auf etwas zu warten und tatsächlich, die ältere Dame griff in ihre Tasche und holte einen Hundekuchen heraus. Der Hund machte Männchen.

Summers schaute wieder auf die Passanten, der Hund interessierte ihn nicht.

Er blickte erst wieder hin, als es neben ihm schepperte. Die Frau sass nicht mehr am Tisch, sondern ging auf die Tür des Lokals zu.

Dies war dem Spaniel nicht geheuer. Sein Frauchen ging ohne ihn weg. Er rannte hinterher, wobei er den Stuhl, an welchem er angebunden war, umriss und mitschleppte. Die Leute ringsum lachten.

Erstaunlich, wie schnell so ein Stuhl kippt, wenn man unten am Stuhlbein zieht, dachte Summers.

Er wandte sich wieder seinem Tee zu und beobachtete die Menschen. Eine seiner Lieblingsbeschäftigungen wenn er irgendwo in einem Strassenkaffee sass.

Plötzlich hielt er inne. Wenn man unten zieht, fällt alles viel leichter um. Er begann den Gedanken weiterzuspinnen. Dann griff er zu seinem Mobiltelefon und wählte eine gespeicherte Nummer.

„Hallo Ben, hier ist Marc. Hör mal, du kennst doch bestimmt jemanden der sich mit Segelbooten auskennt. Am besten wäre ein Bootsbauer mit langjähriger Erfahrung. Kennst du so jemanden?"

Gespannt lauschte Summers und machte sich dabei Notizen

„Danke Ben, du hast mir sehr geholfen."

„Immer wieder gerne, dann bis zum nächsten Mal", tönte es aus seinem Telefon.

Zufrieden lehnte sich der Inspektor zurück. So wie er es sah, war er wieder ein Stück weiter gekommen.

Manchmal war es gar nicht so falsch, sich an einem schönen Nachmittag in ein Strassenkaffee zu setzen.

****

„Sind sind der Inspektor?" Er sah aus wie der Inbegriff eines Seemanns. Weite Hose, farbig gestreifter Pullover und Schirmmütze auf seinem krausen, schwarzen Haar. „Willkommen in meiner Werft, ich bin Tom Wessel."

Der Händedruck war kräftig.

„Guten Tag, Herr Wessel, danke dass sie sich die Zeit nehmen mir zu helfen."

„Kein Problem, ich helfe gern. Wo liegt denn das Problem?"

„Die Frage mag ihnen laienhaft vorkommen, aber ich möchte wissen wie man ein Segelboot drehen kann, damit es nachher kieloben schwimmt."

Die Frage überraschte den Bootsbauer und er musste erst einen Moment überlegen.

„Das liegt zuerst einmal am Bootstyp selber. Die älteren Segelboote, meist noch aus Holz gebaut, waren breiter und behäbiger, hatten kürzere Masten und ein kleineres Schwert. Der Vorteil war der geringe Tiefgang, der Nachteil, die kleinere Geschwindigkeit. Die modernen Konstruktionen sind auf Geschwindigkeit ausgelegt, mit hohem Mast und grösserem Schwert. Dabei ist die benötigte Seetiefe auch grösser und das Boot kann die kleineren Häfen nicht mehr anlaufen."

Summers nickte nur dazu.

„Um ein älteres Boot zu kippen genügt eine grosse Welle oder eine Kollision mit einem grösseren Schiff.

Die neuen Boote brauchen eine kräftige Seiten-Böe in die volle Takelage oder eine sehr grosse Welle.

Dann kann das Boot kentern, vorausgesetzt, dass Luken offen stehen und der Kahn Wasser nehmen kann."

„In meinem Fall ist es tatsächlich ein älteres Holzboot und als es kieloben treibend gefunden wurde, waren alle Luken dicht. Dazu muss man sagen, dass es an diesem Tag fast windstill war und die See ruhig."

„Sagen sie, Herr Inspektor, sie sprechen doch nicht etwa vom Boot des Lord Carenteer?"

„Warum fragen sie?"

„Ich habe die Geschichte in der Presse verfolgt und kann mir auch nicht erklären wie das Boot kentern konnte."

Summers sah sich um und entdeckte ein Segelboot, dass dem Gekenterten sehr ähnlich war.

„Kann ich ihnen mal was zeigen?" Summers zeigte auf das Boot.

„Gut, gehen wir hin."

Als die beiden Männer am Boot angekommen waren, zeichnete Summers ein imaginäres Loch auf das Schwert.

„Das Schwert hat hier, in diesem Bereich ein Loch von etwa zehn Zentimeter Durchmesser und niemand konnte mir hierfür einen plausiblen Grund liefern.

Das hat mich zu folgender Überlegung gebracht. Nehmen wir einmal an, Lord Carenteer schippert mit seinem Boot über den St. Georgs-Kanal. Unterwegs begegnet er einem grösseren Boot, zum Beispiel einem Fischerboot. Unbemerkt befestigt ein Taucher eine Stahltrosse am Schwert und nun ziehen sie mit einer grossen und kräftigen Winde daran. Wäre es möglich, dass das Boot kentert und schliesslich kieloben schwimmt?"

Wessel schaute entgeistert auf Summers.

War der Kerl verrückt geworden? Ein Boot mit einer Winde zum kentern zu bringen?

Doch wenn er darüber nachdachte, so abwegig war es nicht.

„Es klingt verrückt, aber es wäre möglich, so unwahrscheinlich es klingt."

„Dann muss es so gewesen sein." Auch wenn Summers diese Antwort erhofft hatte, sie hätte auch anders ausfallen können.

„Da wären nur noch ein paar andere Probleme zu lösen", sagte Wessel und wartete bis Summers auf ihn reagierte.

„Ich weiss was sie meinen. Woher nehme ich ein Schiff mit einer so starken Winde und wie kann ich ein Loch in das Schwert bohren und eine Trosse daran befestigen ohne das der Segler es bemerkt. Wie kann ich dafür sorgen, dass alle Luken geschlossen sind und wie sorge ich dafür, dass die Segel eingerollt sind. Bei gesetzten Segel wäre es wohl auch mit den stärksten Winden schwer gewesen das Boot zu drehen."

Wessel nickte zustimmend.

„Und wie mache ich es, dass es niemand bemerkt, dass ich ungesehen verschwinden kann und was ist mit dem Lord geschehen? Wenn ich alle diese Fragen beantworten kann, dann habe ich den Fall gelöst."

„Und die Mörder gefunden", sagte Wessel und Summer nickte zustimmend.

„Kommen sie, gehen wir hinüber in den Walfisch, ich könnte jetzt ein Bier vertragen."

„Gute Idee", meinte Summers und zusammen gingen sie hinüber zur Hafenkneipe.

„Ich möchte ihre Euphorie nicht unnötig bremsen", sagte Wessel, „aber ich kenne keinen Fischer oder Schlepperkapitän, der so etwas mitmachen würde.

Es müsste schon ein Schiff aus einer anderen Gegend oder sogar einem anderen Land gewesen sein. Und das wäre bestimmt aufgefallen."

Summers musste ihm beipflichten.

„Es gibt noch viele Ungereimtheiten, das ist mir bewusst, aber irgendwo muss ich anfangen."

Nachdenklich schaute der Bootsbauer auf den Inspektor.

„Wenn sie es genau wissen wollen, Herr Inspektor, dann könnte ich einen passenden Versuch vorbereiten und wäre in drei Tagen bestimmt soweit, dass wir den Test machen könnten."

Summers war verblüfft. Mit einem solchen Angebot hatte er nicht gerechnet,

„Und ob ich das will, nichts lieber als das. Und das müssen wir begiessen". Summers bestellte noch eine Runde.

„Haben sie Fotos dabei auf dem das ganze Boot zu sehen ist? In den Zeitungen war der Segler nur undeutlich zu sehen und nur aus grosser Entfernung".

„Die Fotos sind noch im Büro. Ich bringe sie mit".

****

Summers hatte an diesem, für ihn denkwürdigen Tag, seinen Freund Ben Wilkensen mitgenommen.

Gemeinsam wollten sie bei dem Experiment dabei sein, das Wessel geplant hatte.

Der Bootsbauer hatte für die Vorbereitung mehr Zeit gebraucht als er angenommen hatte. Eine ganze Woche verstrich, bis er endlich so weit war. Die ganze Zeit über sass Summers wie auf Nadeln. Sollte das Experiment nicht gelingen, stand er wieder am Anfang.

„Wir können den Test nicht hier in der Werft machen, das wäre viel zu gefährlich. Ich habe in einer kleinen Bucht den Versuch vorbereitet. Da können wir versuchen ihre Theorie zu bestätigen".

Wessel schaute auf die zwei Kriminalbeamten.

„Wollen wir starten?"

„Hier herumstehen bringt nichts", sagte Summers zu Wilkensen.

Er packte seine Sporttasche und sagte zu Wessel: „Wir sind bereit."

„Gut, dann geht es los."

Sie bestiegen ein Dingi mit einem grossen Aussenborder und brüllend erwachte der Motor.

Die beiden Fahrgäste mussten sich festhalten, so rasant ging die Fahrt los.

Nach zehn Minuten erreichten sie die kleine Bucht.

Das alte Segelboot, welches Summers in der Werft gesehen hatte, dümpelte ohne Segel im kalten Wasser. Ein grösseres Fischerboot mit einer grossen Heckwinde war bereit und ein drittes Schiff schien die Kommandozentrale zu sein.

Sie wurden vom Kapitän, einem Matrosen und vier Tauchern erwartet.

„Es ist nicht ungefährlich", sagte der Bootsbauer, „deshalb bin ich froh, dass wir nur Profis hier haben." Wessel legte am Kommandoboot an und schwang sich elegant an Bord. Summers und Wilkensen hatte da schon eher mühe an Bord zu steigen.

Sie betraten das Ruderhaus und Wessel griff nach dem Funkgerät. Der Reihe nach sprach er mit allen Männern und gab die letzten Anweisungen.

„Es geht los", sagte er zu Summers und Wilkensen, „kommen sie mit, an Steuerbord haben sie die beste Sicht".

Summers und Wilkensen lehnten an der Steuerbord Reling und schauten auf die unwirkliche Szene. Das Fischerboot fuhr langsam rückwärts an das Segelboot heran und liess von der Winde die Trosse abspulen. Zwei Taucher verschwanden im Wasser und eine ganze Weile geschah nichts. Dann tauchten die beiden Froschmänner wieder auf und als sie sicher an Bord waren, gab Wessel dem Kapitän ein Zeichen. Mit der Winde begannen sie die Trosse aufzurollen.

Das Segelboot neigte sich langsam zur Seite. Der alte Kahn ächzte und stöhnte, neigte sich immer mehr.

Der Kapitän des Fischerbootes gab noch mehr Gas. Noch weiter neigte sich der Kahn, aber er kippte nicht.

Das Deck lag gefährlich nahe am Wasserspiegel, doch das Boot drehte sich nicht weiter. Das Fischerboot begann den Segler hinter sich her zu ziehen.

Der Bootsbauer brüllte ein Kommando ins Funkgerät und sofort stoppten die Motoren.

„Das alte Mädchen ist zäh", sagte er und betrachtete nachdenklich das Schiff das sich langsam wieder aufrichtete.

„Sie haben mir gesagt, dass das Boot des Lord keinerlei Beschädigungen aufwies".

Ja, das habe ich gesagt, der Untersuchungsbericht sagt es so und auf den Fotos ist auch nichts zu erkennen".

„Kann ich die Fotos sehen?"

Summers griff in die Innentasche seiner Jacke und zog ein Bündel Fotos heraus.

„Hier, vielleicht sehen sie mehr".

In aller Ruhe betrachtete der Bootsbauer ein Foto nach dem Anderen.

Eines der Bilder zeigte er Summers.

„Sehen sie einen Unterschied zu unserem Boot?"

Wilkensen war hinzugetreten und die beiden schauten abwechselnd auf das Boot und auf das Foto.

„Ich sehe nichts", sagte Wilkensen, „siehst du einen Unterschied?"

Summer schüttelte der Kopf.

„Schauen sie genau hin", sagte der Bootsbauer. „Unser Schiff hat beidseitig eine kleine Reling, das ist das kleine, silberne Geländer. Auf dem Foto ist keine Reling zu sehen. Das Boot müsste aber damit ausgerüstet sein, sonst bekäme es keine Zulassung.

Die Reling muss abgeschraubt worden sein, damit sie vom Tau nicht zerdrückt wird".

„Ich verstehe nicht was sie meinen". Summers schaute ihn verständnislos an.

„Eigentlich ist es ganz einfach, sie nehmen ein Tau, werfen es auf die andere Seite und befestigen es am Schwert. Dann ziehen sie und das Boot kippt. Und wenn sie ein Tau aus Hanf haben, hinterlässt es nicht einmal Spuren. Wollen wir wetten?"

Summers und Wilkensen schauten fassungslos auf den Bootsbauer.

„So einfach geht das?" fragte Wilkensen.

„Das werden sie gleich sehen", sagte der Bootsbauer und gab neue Anweisungen an die Männer auf dem Fischerboot.

Zuerst wurde das Drahtseil gegen eine dicke Trosse aus Hanf getauscht, dann über das Deck des Segelbootes gezogen. Wieder verschwanden die Taucher unter dem Boot. Als sie nach kurzer Zeit wieder aufgetaucht und an Bord zurückgekehrt waren, startete der zweite Versuch.

Das Tau spannte sich, ohne dass die Seitenwand oder das Deck beschädigt wurden.

Durch das alte Segelboot ging ein zittern und wieder ächzte und stöhnte der alte Kahn. Er begann er sich zur Seite zu neigen, bekam immer mehr Schlagseite.

Das Deck erreichte die Wasserlinie und unaufhaltsam ging die Drehbewegung weiter. Das Wasser erreichte die Kabine und dann ging es rasend schnell. Der Mast klatschte aufs Wasser. Der Aufprall war so heftig, dass er brach.

Das Boot drehte sich vollends und schwamm nun kieloben in der kleinen Bucht. Der Mast hing an der gerissenen Takelage und dümpelte neben dem Boot her.

„Wie ich gesagt habe". Der Bootsbauer schaute auf die zwei Beamten die sprachlos an der Reling lehnten.

„Verrückt, es hat wirklich funktioniert." Summers war nicht mehr zu bremsen. Er kloppte dem Bootsbauer kräftig auf die Schultern.

„Sie sind ein Genie. Sie haben es tatsächlich geschafft!"

Wilkensen schaute noch immer ungläubig auf das kieloben treibende Boot.

„Los Männer, wir haben noch etwas vor."

Erneut fuhr das Fischerboot rückwärts an den Havaristen heran und wieder kamen die Taucher zu Einsatz. Sie zogen die Trosse unter dem Boot durch und nach wenigen Augenblicken tauchten sie wieder auf und kletterten auf das Boot um die Trosse durch das Loch im Schwert zu ziehen und es zu verknoten.

Summers und Wilkensen schauten fragend auf Wessel.

„Wenn wir das Boot zum kentern bringen können, werden wir es hoffentlich auch wieder aufrichten können."

Auf sein Zeichen hin begann die Winde zu ziehen und langsam drehte sich das Boot auf die Seite.

Dann blieb es liegen und der Kapitän musste mit aller Kraft ziehen um es endlich ganz aufzurichten. Der abgebrochene Mast hing noch an der Takelage.

„Können wir näher heran? Ich möchte es aus der Nähe sehen."

Langsam steuerte Wessels das Boot an den alten Kahn heran.

Lange schauten sich Summers und Wilkensen den Rumpf und das Deck an.

„Es ist tatsächlich nichts zu sehen."

„Die Kante zwischen Rumpf und Deck hat eine sehr stabile Stahlkante um Beschädigungen zu vermeiden.

Zudem sind die Oberflächen nicht gestrichen, sondern aus imprägniertem Teakholz. Das ist im Laufe der Jahre hart wie Stahl geworden und weisst kaum Kratzer auf. Das ist eben noch Qualitätsarbeit."

Stolz, aber auch ein bisschen wehmütig schaute der Bootsbauer auf seinen alten Kahn.

Nach dem die Männer die Taue gekappt und den Mast an Bord gehievt hatten, nahm das Fischerboot den Havaristen ins Schlepptau.

„Schon verrückt die ganze Aktion, aber sie hat uns viel Spass gemacht. Heute Abend gehen wir alle im Walfisch essen. Der Kapitän des Fischerbootes hat seine Wette verloren."

„Worauf hat er gewettet? Dass es nicht funktioniert?"

„Nein, das war nie ein Thema, er wettete darauf, dass das Schwert brechen würde."

„Das wäre doch auch möglich gewesen, oder nicht?" erkundigte sich Summers.

Wessel grinste.

„Nicht wenn ich das Boot selber gebaut habe."

„Was geschieht nun mit dem alten Boot? Und was für Kosten sind ihnen dabei entstanden?"

„Das ist kein Problem, das Boot hätte auch sonst einen neuen Mast gebraucht, der Alte war leicht angeknackst. Auch die Takelage hätte ersetzt werden müssen.

Zudem haben wir das Boot so gut abgedichtet, dass es kein Wasser aufgenommen hat. Es ist innen bestimmt noch so trocken wie in der Sahara.

Es ist nur aussen ein bisschen nass geworden. Jetzt kommt es ins Trockendock und wenn ich es überholt habe, das dauert etwa zwei Wochen, steht es zum Verkauf. Wenn sie also Interesse haben, ich mache ihnen einen Sonderpreis".

Wessel und Wilkensen lachten als sie in das überraschte Gesicht des Inspektors sahen.

„Im Moment wohl eher nicht. Ich bin aber nicht unglücklich, dass ihnen nicht unnötig Kosten entstanden sind und darum sind sie alle heute Abend meine Gäste. Die Wettschulden beim Kapitän des Fischerbootes können sie auch noch später einfordern."

„Abgemacht, dann sehen wir uns heute Abend im Walfisch."

Summers und Wilkensen hatten Glück. Die kleine Pension hatte noch zwei Zimmer frei, so dass sie sich nach der durchgefeierten Nacht noch ein paar Stunden aufs Ohr legen konnten.

Lyon

Das Wetter in Lyon war miserabel. Seit Stunden goss es wie aus Kübeln und die schwarzen Regenwolken bewegten sich keinen Zentimeter. Sie blieben an den Berghängen des Rhonetal hängen und es würde noch Stunden dauern bis sie alles Wasser losgeworden waren. Dies kümmerte Annike Breton von Interpol und Professor Daniel Roth aus Bern in diesem Moment gar nicht. Sie hatten sich ausserhalb der Bürozeiten in einem Bistro verabredet. So konnten sie sich ungezwungener Unterhalten.

Im Laufe des Abends erfuhren sie den Werdegang und die Karriereschritte des Anderen. Später kamen noch persönliche Angaben dazu und nach dem kleinen Diner, die Canard à l'Orange schmeckte vorzüglich und der Brouilly passte ausgezeichnet dazu, wussten sie fast alles von einander.

Nach dem Dessert, Apfelcreme mit Calvados, besannen sie sich dann doch noch darauf, warum sie sich in Lyon getroffen hatten.

„Was haben sie für Neuigkeiten von ihren geheimen Quellen?"

Annike Breton war nun wieder ganz Polizistin.

„Es hat etwas gedauert." sagte Roth. „Wie ich erfahren habe, sind vier Söldner in Südamerika aufgetaucht und haben dort ein ganzes Dorf vernichtet."

„Ein ganzes Dorf, durch vier Söldner?"

„Ja, ein ganzes Dorf mit mehreren hundert Einwohnern. Zuerst sind viele Leute auf unerklärliche Weise gestorben.

Einfach tot umgefallen. Dann wurde das Wasser schlecht und ungeniessbar und an Ende wurden die Häuser das Opfer eines Grossbrandes."

„Und die Söldner?"fragte Breton, „sind sie verschwunden"?

„Das ist das Seltsame, was danach geschehen ist. Zwei von Ihnen sind bei einer Auseinandersetzung mit einem Grossgrundbesitzer ums Leben gekommen.

Dann hörte man, dass eine Frau und ein Mann schuldig gesprochen wurden ebenfalls an der Vernichtung des Dorfes beteiligt gewesen zu sein."

„Dann muss es darüber Gerichtsakten geben".

Roth schüttelte den Kopf.

„Nein, gibt es nicht, sie wurden von einem Femegericht verurteilt. Darüber gibt es nie Akten".

„Was ist mit ihren geschehen?"

„Niemand weiss es, sie sind verschwunden."

„Und wer steckt hinter der ganzen Sache?" Annike Breton schaute gespannt auf Roth.

„Wer den Auftrag gegeben hat, wer dahinter steckt, darüber gibt es keine handfesten Fakten, keine Beweise".

Roth griff zum Glas und schaute in das dunkle rot des Brouilly.

„Ich weiss nur, wer von all dem profitiert hat, ohne auch nur einem Hauch eines Verdachtes ausgesetzt gewesen zu sein. Die Firma heisst „First Nugget International Mining Company", mit Sitz in London. Dieser Firma gehört heute das ganze Gebiet und sie hat das Schürfrecht für die nächsten zwanzig Jahre bekommen."

Breton schaute nachdenklich auf Roth.

„Bei Interpol haben wir Verbindungen zu den meisten Polizeiorganen dieser Welt und wir haben uns in ganz Südamerika erkundigt.

Das Einzige was wir erfahren konnten sind vage Hinweise auf eine Auseinandersetzung zwischen Europäern und einem angesehenen Grossgrundbesitzer. Ihre Informationen sind da schon viel besser und informativer."

„Haben sie wirklich geglaubt sie würde etwas über die offiziellen Kanäle erfahren?

Sie wissen doch, wenn sie die Spesen der Polizei nicht decken, erfahren sie nicht einmal den Namen ihrer Grossmutter."

Roth sah lachend in das finstere Gesicht von Breton.

„Das heisst, es gibt keine verwertbaren Hinweise oder gar Zeugen die eine Verbindung zu dieser Minengesellschaft belegen könnten?"

„Sie sehen das vollkommen richtig. Es gibt keine Verbindung zur Minengesellschaft. Vielleicht haben wir aber doch noch eine Chance", sagte Roth. „Wenn wir die Verbindungsperson finden.

Die Gesellschaft wird die Söldner nicht direkt angeheuert haben, so läuft das nicht. Es geht immer über ein oder zwei Vermittler, so jedenfalls haben es mir ehemalige Söldner erzählt."

„Das scheint doch ein Lichtblick zu sein. Nur, wie sollen wir den Verbindungsmann finden?"

„Es muss jemand sein der sowohl mit den Söldnern, als auch mit der Minengesellschaft oder einem Vertreter der Firma in Verbindung stand. Das könnte jemand aus dem Sicherheitsbereich sein oder ein skrupelloser Mitarbeiter. Da müssen wir suchen, da könnten sich die entscheidenden Hinweise ergeben."

„Dann werden wir dafür unsere Verbindungen spielen lassen. Die normalen Dienste der Polizei wären damit überfordert. Wir werden die Spezialisten darauf ansetzten. London wird uns bestimmt helfen. Ich werde morgen früh als erstes Archibald Dies vom Yard anrufen."

„Dann ist meine Arbeit getan und ich kann mich zurücklehnen und ihnen zuschauen wie sie den Fall lösen."

Breton legte ihre Hand auf Roths Unterarm.

„Nein, dazu wird es nicht kommen, ich ernenne sie hiermit zu meinem ganz persönlichen Berater."

„Das heisst, sie lassen mich nicht gehen?"

Annike Breton lächelte ihn an. „Nein, natürlich nicht, - Daniel."

Der Lösung näher

„Hallo Sam, schön dass du die Zeit gefunden hast vorbei zu kommen. Einen Scotch?"

„Wenn es länger dauert, dann gerne."

Der Innenminister hatte sein Büro verlassen und war zum Yard gekommen weil sein Freund Archibald Dies ihn darum gebeten hatte. Normalerweise mussten die Leute zu ihm kommen. Bei Archibald war das anders.

Sie waren alte Freunde und Dies hatte den besten Whisky der Stadt. So oft er ihn auch fragte, nie verriet er dessen Herkunft, denn auf der Flasche fehlten die Etiketten.

„Wenn ich es dir sage, dann kommst du nie mehr bei mir vorbei", sagte Dies.

Der Whisky war köstlich wie immer.

„Was hat du denn für Sorgen, dass ich dich besuchen muss?"

„Lord Carenteer ist nicht verunfallt, er ist ermordet worden."

„Sagt wer?"

Der Innenminister starrte Dies ungläubig an.

„Ein Inspektor aus dem Norden, Marc Summers, er untersucht den Unfall von Preston Hart."

„Wie zum Teufel kommt er auf die Idee sich mit dem Tod von Carenteer zu beschäftigen?"

„Er behauptet, dass es sich bei den beiden Unfällen um Mord handelt. Auch den Tod von Lord Hermsteat will er selber untersuchen. Er behauptet, dass die Morde alle mit der Firma First Nugget International Mining Company zusammenhängen und die beiden letzten Teilhaber in grösster Gefahr wären."

Der Innenminister nahm einen Schluck Whisky und sah seinen Freund fragend an.

„Und wie schätzt du die Sache ein? Gibt es einen Grund oder einen Beweis für diese Theorie"?

„Ich habe hier die Akten zum Fall Preston Hart. Beim Unfall durch einen geplatzten Reifen soll nachgeholfen worden sein. Und zum Fall Carenteer gibt es auch Ungereimtheiten, das wissen wir selbst.

Dieser Summers ist clever und bei den, mir zugespielten Akten, lag auch ein Video. Das musst du dir unbedingt ansehen."

Dies drehte den Laptop zum Minister hin und drückte auf Play. Fasziniert schaute dieser auf den Bildschirm. Er konnte es nicht glauben. Da wurde ein Segelboot, eines wie Carenteer es hatte, zum kentern gebracht und dies innert weniger Sekunden.

„Verdammt, wie ist er darauf gekommen."

„Ich sagte ja, der Kerl ist clever."

„Du weisst was das bedeutet?"

„Ja, das weiss ich", sagte Dies und füllte nochmals die Gläser.

„Summers wird nicht ruhen bis er den Fall gelöst hat, da ist er wie ein Terrier. Und wenn wir jetzt nicht mitziehen, stehen wir am Ende wie die Idioten da."

Der Minister nickte.

„Du hast Recht, mein Freund. Nun haben wir zwei zusätzliche Probleme.

Wir suchen einen Mörder und müssen zwei Lords beschützen, ohne dass es jemand bemerkt. Hoffentlich ist es noch nicht zu spät. Weisst du, wo die beiden Lords sind?"

„Freestyle wollte nach Süden zum Golfspielen und Leeland zum Angeln nach Schottland, sagten die Bediensteten als ich nachfragte".

„Dann sollten wir Michel Townstone vom MI5 informieren. Er soll sich darum kümmern und vielleicht hat er schon Neuigkeiten für uns."

Der Minister betrachtete sein leeres Glas, die Flasche und dann Dies.

Er verstand den stummen Wunsch seines Freundes.

„Dafür musst du Townstone anrufen. Wenn der Anruf von dir kommt hat er ein anders Gewicht. Er soll dafür sorgen, dass die beiden Herren ab sofort überwacht und beschützt werden, sofern sie sie finden, oder sie gefunden werden wollen."

Er füllte die Gläser, während sich der Minister mit dem MI5 verbinden liess und Anweisungen gab den Aufenthaltsort der beiden Lords festzustellen und sie rund um die Uhr zu beschützen.

****

Summers war noch nie beim Yard gewesen, auch wenn er früher davon geträumt hatte hier Karriere zu machen.

Es war nie dazu gekommen und er blieb in der Provinz. So nannte er alles was ausserhalb Londons lag.

Nun stand er also vor dem imposanten Gebäude dieser legendären Institution.

Er meldete sich beim Empfang und bekam einen Besucherausweis in die Hand gedrückt.

„Den müssen sie immer gut sichtbar tragen, Sir."

Summers klemmte den Ausweis pflichtbewusst an sein Revers.

„Sie werden in Büro achthundert fünfzehn erwartet. Das ist in der achten Etage, sie können den Aufzug da drüben benutzen." Die charmante, junge Dame wies auf die linke Seite der Empfangshalle.

Der Lift brachte ihn in das gewählte Geschoss und als er den langen Gang entlang ging, fand er auch die Nummer achthunderfünfzehn.

Die Tür zum Büro stand offen und als er hineinschaute rief eine Stimme, „wenn sie Summers sind dann herein und herzlich willkommen."

Summers trat ein und schaute sich in dem geräumigen Büro um. Dunkelgrauer Teppich und einfache, hellgraue Möbel. Einige Kunstdrucke an der Wand. Alles war sehr schlicht und einfach gehalten. Dafür war die Aussicht auf London grandios.

So hatte er die Hauptstadt noch nie gesehen. Wie das Bild auf einer Postkarte.

„Ich bleibe nur hier weil mir das Panorama gefällt".

Summers drehte sich um. Der elegant gekleidete Fünfzigjährige schien aus dem Modekatalog entstiegen.

Summers fühlte sich mit seiner Alltagskleidung fehl am Platz.

„Mein Name ist Dies, willkommen im Yard." Sein Händedruck war kräftig und er hatte Summers Blick auf seinen Anzug bemerkt.

„Normalerweise laufe ich auch nicht so herum, ich war vorhin im Aussenministerium, da musste es sein. Bitte nehmen sie doch Platz." Er wies auf einen der Stühle am runden Besprechungstisch, zog sein Jackett aus und hängte es über die Stuhllehne.

Dann löste er seine Krawatte, zog sie aus und stopfte sie in eine der Jackettaschen.

„So, jetzt fühle ich mich wieder wie ein normaler Mensch. Machen sie es sich doch auch bequem."

Summers zog seine Jacke aus und hängte sie ebenfalls über die Stuhllehne.

„Tee, Kaffee oder Mineralwasser, was kann ich ihnen anbieten?"

„Tee wäre fein, danke."

Dies griff zu Telefon und bestellte den Tee.

„Warum ich sie hergebeten habe, sind ihre Ergebnisse zu den drei mysteriösen Fällen von denen sie, zu mindestens zwei, in ihrer Freizeit bearbeiten. Ihre Schlussfolgerungen haben beim MI5 und dem Innenministerium wie eine Bombe eingeschlagen. Der Minister ist ein guter Freund und hat mich gebeten ich solle mich doch um die ganze Angelegenheit kümmern. Und wenn er das so formuliert, heisst dies, dass möglichst wenig an die Öffentlichkeit dringen sollte. Zu eng sind die Beziehungen zwischen der Regierung und den Opfern."

Summers schaute Dies direkt ins Gesicht.

„Heisst das ich soll die Finger davon lassen? Das werde ich nicht tun, Minister hin oder her."

Dies grinste und sagte, „habe ich sie doch richtig eingeschätzt. Ihre Einstellung gefällt mir. Aber es ist nicht so wie sie befürchten, im Gegenteil, wir übertragen ihnen alle drei Fälle. Sie haben alle Befugnisse und Kompetenzen, unbegrenzte Mittel und bekommen so viele Mitarbeiter wie sie brauchen. Die einzige Bedingung ist, dass sie nur mir und dem Minister ihre Ergebnisse mitteilen."

„Nur ihnen und dem Minister – damit kann ich leben – wenn es am Ende nicht unter den Teppich gekehrt wird."

„Das wird nicht geschehen, darauf haben sie mein Wort."

„Gut, dann werde ich mich an die Arbeit machen." Summers wollte aufstehen, wurde aber von Dies zurückgehalten.

„Erst den Tee und dann habe ich noch ein paar Informationen für sie."

Summers machte es sich wieder bequem und warf zwei Stück Zucker in den Tee, den eine junge, gut aussehende Blondine gebracht hatte. Er schaute ihr nach als sie mit schwingenden Hüften durch die Tür verschwand.

„Wenn sie hier arbeiten gewöhnen sie sich daran", sagte Dies und warf ebenfalls zwei Stück Zucker in den Tee.

„Milch"? fragte Dies.

„Nein danke, nur Zucker":

Während Dies Milch in seinen Tee goss, sagte er,

„Wir haben sehr engen Kontakt mit Interpol und die haben uns sehr interessante Unterlagen zukommen lassen."

Er stellte die Milch auf den Tisch zurück und langte nach einem schmalen Ordner den er über den Tisch schob.

„Streng vertraulich", stand quer über die vorderste Seite gedruckt. Zudem war ein Stempel des Innenministeriums eingeprägt.

„Die Akten sind nur dem Minister und mir bekannt. Die Geheimdienste haben wir nur mündlich informiert."

Summers schlug den Ordner auf und überflog schnell die ersten Seiten. Dann schaute er wieder auf Dies.

„Die Sache ist grösser als ich vermutet habe."

„Der Minister und ich sind derselben Meinung. Nun verstehen sie auch, warum sie nur uns Beide informieren werden."

„Eine Ausnahme müssen sie mir erlauben, ich muss mich mit jemandem besprechen können. Ich kann nicht jedes Mal zu Ihnen nach London kommen."

Dies dachte nach.

„Und an wen haben sie gedacht?"

„An Ben Wilkensen, ein langjähriger Freund. Kompetent und verschwiegen und Chef unseres Kriminallabors."

„Ben? Gut, grüssen sie den alten Knaben von mir.

****

„Ich soll dich von Dies grüssen". Summers schaute gespannt auf seinen Freund.

„Vielen Dank, wir geht es dem alten Knaben?"

„Gut, woher kennt du ihn?"

„Wir waren zusammen an der Polizeischule und treffen uns alle fünf Jahre. Leider werden es immer weniger, aber das ist der Lauf der Zeit."

Für Wilkensen war das normal.

„Du hast gesagt, dass ich dir helfen kann. Warum ist denn der Fall von Preston Hart für Dies so wichtig?"

„Es ist nicht nur der Fall von Preston Hart. Es ist viel grösser. Und eigentlich sollte ich es allein bearbeiten. Ich habe aber durchgesetzt, dass ich dich über alles informiere und du mir bei der Klärung der Fälle helfen kannst, denn allein schaffe ich das nicht.

Ich brauche jemanden der die Dinge auch von einer anderen Seite sehen kann. Einen wie dich."

Wilkensen sah seinen Freund lange an. Dann nickte er.

„Wenn da so ist, dann lass uns beginnen."

Summers hatte die Unterlagen von Dies kopiert, sortiert und an seine Pinnwand geheftet.

„Du kannst dich an der Wand schlau machen oder erst alle Unterlagen lesen."

„Wenn du dir schon die Mühe gemacht hast, dann an der Wand."

Die folgende Stunde standen sie immer wieder vor der Wand. Summers erklärte die verschiedenen Zusammenhänge, so wie er sie sah. Wilkensen hörte aufmerksam zu und machte sich Notizen.

„Zeit für einen Tee, oder was denkst du?" Summers brauchte eine Pause.

Sie sassen vor der Pinnwand und rührten im Tee.

„Ich frage mich, wie erfahren wir, wer das Segelboot gedreht hat."

„Keine Ahnung, daran studiere ich schon die ganze Zeit herum."

Wilkensen rührte weiter in seinem Tee.

„Es muss ein zweites Boot in der Nähe gewesen sein."

Er nahm einen Schluck Tee.

„Heute sind die meisten Boote mit JPS ausgerüstet und wenn die Signale aufgezeichnet wurden, sollten wir auch erfahren welches Boot zur fraglichen Zeit dort war. Ausser sie hatten keinen Sender, oder das Signal absichtlich ausgeschaltet. Hoffen wir, dass wir noch Daten bekommen können, ewig werden sie die Aufzeichnungen nicht speichern."

„Siehst du, aus diesem Grund brauche ich dich", sagte Summers.

„Da wäre noch die führerlose Strassenwalze, auch so ein Rätsel."

„Nicht mehr", sagte Summers, „die Untersuchung hat ergeben, dass jeder die Walze hätte in Bewegung setzten können.

Dazu musste man nur den Gang herausnehmen und die Handbremse lösen.

Die Maschine war aber mit Keilen gesichert und musste erst ein Stück zurück gefahren werden, sonst hätte man die Keile nicht wegbekommen. Da der Zündschlüssel steckte war es aber ein Kinderspiel für jemanden der eine Ahnung von Strassenwalzen hat. Dann war es nur noch eine Frage des Timing".

„Und keine Zeugen? Niemand der etwas gesehen oder ungewöhnliches bemerkt hat?" Wilkensen schaute auf die Pinnwand als suchte er etwas.

„Nein, bisher ist nichts bekannt. Ich habe Sergeant Philips für weitere Recherchen abkommandiert.

Er ist etwas steif und phantasielos, aber sehr hartnäckig und akribisch. Wenn es etwas zu finden gibt, Philips findet es."

Schweigend tranken sie den Tee.

„Weisst du was da Verrückte an der ganzen Sache ist?"

Wilkensen schaute auf Summers.

„Wenn du keinen so guten Riecher hättest und nicht so hartnäckig wärst, wären die Fälle schon lange als ungeklärt zu den Akten gewandert."

„Das haben sich der oder die Täter auch so vorgestellt. War ein Irrtum."

Summers stand auf und sagte zu Wilkensen, „für meinen Teil habe ich heute schon genug Tee getrunken. Gehen wir doch hinüber zu Lisa und genehmigen wir uns ein grosses Bier."

****

„Ben, wir haben Glück, ein Teil der JPS-Daten für den St. Georgs-Kanal waren noch vorhanden und die Aufzeichnungen haben wir nun endlich erhalten.

Ich musste denen mit Dies und seinen Verbindungen zum Innenminister drohen, bis sie sich endlich bewegten. Manchmal frage ich mich, ob wir alle auf der gleichen Seite sind. Jede Behörde scheint hier ihr eigenes Gärtchen zu pflegen."

Summers schlug die Akte auf und begann darin zu lesen.

„In der fraglichen Zeit sind zwei Boote in der Gegend gewesen und beide müssten das Segelboot von Carenteer gesehen haben."

„Ist eines länger auf der gleichen Position gewesen?"

„Schwierig zu sagen. Das grössere Schiff, mit Winde und kleinem Auslegerkran fuhr dort vorbei. Später eine Motorjacht. Von den Zeiten her sind sich die beiden Boote nicht begegnet.

Das grosse Boot war zuerst auf dieser Position, am Sonntagmorgen. Das Motorboot erst am Sonntagnachmittag."

Wilkensen schaute auf die Pinnwand.

„Und welchen Kurs hatten die Boote?"

„Die wenigen JPS-Daten weisen darauf hin, dass sie beide nach Süden fuhren. Leider werden die Daten nicht immer gespeichert. Es sind auch nur bestimmte Bereiche die überwacht werden. Wenn die Boote von Hafen zu Hafen erfasst würden, hätten wir es auch einfacher gehabt."

„Sag mal, Marc, ist denn das Boot von Carenteer immer auf der gleichen Position gewesen?"

„Vermutlich nicht, in diesem Bereich gibt es eine schwache Nordströmung und das Boot hatte keinen JPS-Sender. Die Lage kann deshalb nicht exakt angegeben werden".

„Also ist nicht klar, welches Schiff das Segelboot tatsächlich getroffen hat".

„Ja, Ben, so ist es. Aber mein Gefühl sagt mir, dass es das grosse Boot gewesen sein muss".

„Wenn dem so ist, dann ist der Fall klar. Jetzt muss nur noch ermittelt werden wem das Boot gehört."

„Das wissen wir, es gehört einer Firma in Bangor, die verkaufen Boote. Ihre Schiffe liegen meist in Port Penrhyn vor Anker.

Die Recherchen haben ergeben, dass das Schiff am 20. Juli von einer Susen Marx für Testfahrten bis Montag, den 22. Juli gemietet wurde.

Sie war in Begleitung von drei Männern die aussahen wie Fischer. Das Boot wollte sie aber nicht in Port Penrhyn sondern in Holyhead zurückgeben, sie wollte dort auf die Fähre nach Dublin. Angeblich hatte sie dort noch einen wichtigen Termin. Der Händler hat die Papiere ordnungsgemäss geprüft und es liegen auch Kopien vor. Die Frau ist um die vierzig Jahre, dunkelhaarig und vollschlank. Über die drei Männer liegen keine näheren Beschreibungen vor. Sie hätten ausgesehen wie Fischer.

Die Papiere sagen auch, dass die Dame im Fischhandel tätig ist. Und diese Angaben stimmen auch, wie die örtliche Polizei ermittelt hat."

„Was sagt die Dame selbst dazu?"

„Gar nichts, die Dame sitzt seit fünf Jahren im Rollstuhl, Autounfall."

Summers blätterte in den Akten weiter.

„Und noch etwas ist seltsam. Als Susen Marx das Boot in Holyhead zurückgab, hatte sie sich in eine schlanke, vollbusige Blondine verwandelt. Und auch von diesem Ausweis liegt eine Kopie vor."

„Und sind sie nach Dublin gefahren?"

„Es gibt Zeugen welche die Frau beim Einsteigen auf die Fähre gesehen haben. Das ist auch auf den Überwachungskameras zu sehen. Von den drei Männern wissen wir nicht ob sie dabei waren, es gab ja auch schon vorher keine Angaben über sie. Sicher ist nur, dass die Frau eingestiegen ist. Dann verliert sich ihre Spur.

Die Kameras in Dublin haben sie nicht gefilmt. Sie wird wieder ihr Aussehen verändert haben."

„Wenn sie verschwunden ist kann man sie doch über den Namen suchen, es können doch mehrere Frauen denselben Namen haben."

„Ist auch so, wir haben zwei Treffer. Eine Frau ist über achtzig Jahre und die Andere geht noch zur Schule. Auch über Interpol haben wir nichts erfahren, die haben auch niemanden in den Akten mit diesem Namen.

Und die Kopien der Papiere weisen auf tadellose Fälschungen hin. Auch da sind keine Anhaltspunkte gefunden worden."

„Eine Sackgasse?"

„Es scheint so", sagte Summers und schloss die Akte.

Wilkensen kehrte zur Pinnwand zurück.

„Marc, wenn es jedes Mal dieselbe Person war welche die Unfälle verursacht hat, ich nenne es mal so, wenn es also immer dieselbe Person war, dann muss diese sehr viel von Technik verstehen und vielseitig begabt sein".

„Und über sehr viel Fantasie verfügen", sagte Summers der nun ebenfalls vor der Pinnwand stand.

„Im Moment kommt mir aus dem Umfeld der drei Opfer niemand in den Sinn, der als Täter auch nur vage in Verdacht käme, Ben".

„Vielleicht müssen wir uns fragen wem der Tod der Drei am meisten nützt, möglich, dass wir so auf eine heisse Spur stossen".

„Hart war früher in sehr zwielichtige Geschäfte verwickelt. Den ehrbaren Gentlemen spielt er erst seit knapp zwei Jahren, seit er bei dieser Minengesellschaft eingestiegen ist".

„Wie konnte er da einsteigen? Das ist doch ein sehr traditionelles und konservatives Unternehmen. Hatte er so viel Geld, dass die Firma nicht nein sagen konnte, oder brauchte die Gesellschaft dringend Kapital?"

Nachdenklich schaute Summers auf das Foto von Preston Hart, dann auf die Bilder der beiden anderen Opfer.

„Die Finanzspezialisten die ich befragt habe sagten mir, dass die Firma keine Probleme hatte. Im Gegenteil, ihre Kriegskasse sei gut gefüllt, heute mehr denn je.

Ihre Aktien sind förmlich durch die Decke geschossen, sie hatten das erfolgreichste Jahr seit ihrer Gründung."

„Und wissen wir auch warum?", fragte Wilkensen.

„Kann ich dir im Moment nicht sagen. Ich werde aber die nötigen Erkundigungen einziehen. Morgen wissen wir mehr."

„Dann lass uns für heute Schluss machen."

„Eine gute Idee", sagte Summers. „Morgen ist auch noch ein Tag."

****

Summers hatte eine zweite Pinnwand an die Andere gestellt, als Wilkensen ins Büro kam.

„Was hast du Grosses vor?" fragte er und schaute auf die leere Wandhälfte.

„Das wirst du gleich sehen. Ich habe in der Zwischenzeit viele Informationen erhalten."

Zuoberst auf der Pinnwand heftete er ein Blatt Papier auf dem „First Nugget International Mining Company" stand. Darunter die Namen der fünf Verwaltungsräte. Bei Dreien war ein schwarzes Kreuz hinzugefügt.

„Dies war die Firmenleitung vor den Morden. Wie sie in Zukunft aussehen wird weiss noch niemand."

Summers heftete ein weiteres Blatt an die Wand.

„Bis vor zwei Jahren war die Firma die Nummer Zwanzig im Bergbau. Seit letztem Jahr gehört sie zu den drei Grössten der Branche".

„Und wie kam das?"

Summers heftete noch eine Seite auf die Wand.

„Das ist eine Aufstellung der Minen vor drei Jahren und hier", noch ein Blatt, „die Aufstellung von heute. Fällt dir etwas auf?"

Wilkensen verglich die Listen.

„Der einzige Unterschied sind die Schürfrechte in Südamerika. Heisst das, dass die damit so gross geworden sind, so viel damit verdient haben?"

„Ja, das heisst es."

„Unglaublich! In nur einem Jahr? Und das soll ganz legal geschehen sein? Da hege ich meine Zweifel."

„Fragen wir doch beim Yard nach und bei Interpol in Lyon, die haben bestimmt einiges Material dazu."

****

„Guten Morgen Marc, schon so früh auf den Beinen?"

„Ich konnte nicht schlafen und habe verschiedene Informationen ausgewertet. Vom Yard haben wir nicht viel erhalten.

Das meiste wussten wir schon. Viel interessanter sind die Informationen von Interpol."

„Und was haben die zu vermelden?"

„Ich versuche es dir in wenigen Worten zu sagen, aber erst brauche ich einen Tee."

Sie setzten sich an den grossen Tisch und Summers wies auf einen Stapel Papiere.

„Das ist gestern Abend mit dem Kurier gekommen. Darin steht, dass es in Südamerika bei der Landübernahme zu Unregelmässigkeiten gekommen sei."

„Was für Unregelmässigkeiten?" fragte Wilkensen und nippte an seinem Tee.

„Das Land konnte die Firma von der Regionalregierung sehr günstig erwerben, nachdem niemand Besitzansprüche darauf erhoben hatte".

„Wie kann denn das sein?"

„Nach Auskunft der Behörden gab es niemanden mehr der in diesem Gebiet lebte. Seltsamerweise waren alle früheren Bewohner umgekommen oder weggezogen. Das Wasser war schlecht geworden und dann sind die Häuser einen Grossbrand zum Opfer gefallen.

Gerüchten zufolge sollen bezahlte Söldner dafür verantwortlich gewesen sein. Das deckt sich auch mit den Nachforschungen die ein Professor Roth aus der Schweiz durchgeführt hat.

Er spricht von ehemaligen Angehörigen der Spezialeinheit Wolga. Diese sollen die Täter gewesen sein."

„Und du meinst die „First Nugget International Mining Company" sei dafür verantwortlich?"

„Sie wird wohl nicht direkt den Auftrag gegeben haben, mit so etwas machen sich diese Herren nicht die Hände schmutzig."

„Also über einen Mittelsmann."

„Ja, ein Mann mit den notwendigen Kontakten zur den einschlägigen Kreisen, ein Mann der keine Skrupel kannte."

„Und an wen denkst du, Marc?"

„Wer hat sich denn so überraschend in die Firma eingekauft?"

„Du meinst Preston Hart?"

„Genau, das glaube ich. Er hat dafür gesorgt, dass die Drecksarbeit erledigt wurde und obwohl er am Anfang bestimmt nicht wusste, wer seine Auftraggeber waren, meist läuft es über Briefkastenfirmen und ausländische Bankkonten, wusste er sehr bald, wer dahinter steckte. Und nach dem grossen Erfolg mussten ihm die Herren am Ende einen Anteil vom Kuchen zugestehen".

„Das sind aber alles nur Vermutungen, oder lässt sich irgendetwas davon beweisen?"

„Weder in Südamerika noch hier in England sind Beweise aufgetaucht."

„Und die Söldner? Wenn diese gefunden würden, könnten sie doch zu einer Aussage, sagen wir mal – überredet - werden".

„Nach Informationen von Interpol sind die vier getötet worden. Ihre Leichen konnten anhand der speziellen Tattoos dem Spezialkommando Wolga zugeordnet werden. Auch da ist nichts zu machen."

„Dann gibt es da noch ein Gerücht. Es besagt, dass eine Bande von Gesetzlosen mit Hilfe eines Europäers dafür gesorgt haben, dass sie Söldner bestraft wurden."

„Bestraft? Wie denn."

„Es heisst, dass zwei bei einer Schiesserei umgekommen seien und den anderen beiden der Prozess gemacht worden sei."

„Dann müsste es doch Prozessakten geben."

„Nicht so wie du denkst, mein Freund, der Prozess wurde ihnen von den Gesetzlosen gemacht und es heisst ein Teil von ihnen wäre bei den Vertriebenen, den ehemaligen Landbesitzern, gewesen."

Wilkensen und Summers tranken schweigend ihren Tee.

„Und wer hat dann die Lords aus dem Weg geräumt?"

Summers schaute nachdenklich auf die Pinnwand, als würde da die Lösung stehen.

„Wer der Europäer in Südamerika war, lässt sich nicht feststellen. Er ist spurlos verschwunden und hat auch nichts hinterlassen. Ich bezweifle aber, dass er unser Täter ist. Mithilfe ja, Ausführung nein. Denn wir suchen doch eine Frau, auch eine Europäerin."

„Dann kann es Zufall sein. Es muss nicht zwangsläufig mit Südamerika zu tun haben.

Es könnte auch eine andere Ursache haben", sagte Wilkensen, stand auf und ging zur Pinnwand. Summers folgte ihm.

„Wenn es also mit Südamerika nichts zu tun hat, dann muss die Ursache eine Andere sein. Entweder aus dem direkten Umfeld der Firma oder es liegt in den früheren Tätigkeiten der „First Nugget International Mining Company".

„Das direkte Umfeld in der Firma haben wir überprüft, Ben. Wir haben nichts gefunden. Die Firma hat ihre Leute stets gut behandelt und anständige Löhne bezahlt. Zudem ist sie nirgends speziell aufgefallen, sie geniesst in England grosses Ansehen."

„Dann mein lieber Freund wird es auch für einen erfolgreichen Inspektor wie dich schwierig ein Motiv zu finden. Am besten wird sein wenn wir erst einmal frühstücken gehen."

„Wie immer hast du die besten Ideen, Ben. Gehen wir Frühstücken."

****

„Summers", der Inspektor hatte so früh noch keinen Anruf erwartet.

„Hallo Tom, du willst bestimmt wissen, ob ich das Segelboot kaufe."

Aufmerksam hörte er zu, was der Anrufer zu erzählen hatte.

„Ja, du hast mir sehr geholfen – und mir gleichzeitig ein neues Problem aufgezeigt."

„Auf jeden Fall, wenn das Ganze vorbei ist werde ich dich besuchen, versprochen. Ich danke dir für deinen Anruf. Wiederhören, Tom".

Langsam legte er den Hörer zurück und wandte sich an Ben Wilkensen.

„Das war Tom Wessels, er hat den Versuch wiederholt und diesmal genügte ein Motorboot um den Segler umzudrehen.

Ein normales Boot mit zwei Aussenbordmotoren zu jeweils zweihundert PS sind genug".

„Kein Fischerboot mit Winde?" staunte Wilkensen.

„Nein, wie gesagt, ein ganz normales Motorboot mit starken Motoren."

„Du hast doch gesagt, dass zwei Boote in der Nähe des Unglücksortes gewesen sind. Ein Fischerboot und eine Motorjacht. Wurde die Jacht überprüft?"

„Nein, schien nicht notwendig. Das werden wir nun dringend nachholen müssen".

Summers griff zum Telefon und veranlasste eine Überprüfung der Motorjacht.

Wilkensen stand vor der Pinnwand und malte ein grosses Fragezeichen neben die Notiz über das fragliche Fischerboot.

Summers suchte eine Akte aus dem Stapel heraus und begann darin zu blättern.

„Hier steht, die Motorjacht gehört einem Bootsverleih in Arklow Ireland. Wurde am 18. Juli telefonisch reserviert und ist für Sonntag, den 20. Juli gemietet worden."

„Steht da, wer das Schiff gemietet hat?"

„Nein, aber das werden wir bis spätestens morgen Abend wissen."

„Ich bin gespannt, wer der Mieter war."

Summers und Wilkensen sassen im Büro und studierten zum wiederholten Male die Akten. Hatten sie etwas übersehen? Hatten sie die richtigen Fragen gestellt?

Als der Kurier die Unterlagen über die Bootsmiete in Arklow vorbeibrachte, schlossen sie die Akten und begannen die neuen Fakten zu studieren.

„Wie ich es mir gedacht habe", sagte Wilkensen. „Das Boot wurde von einer Frau gemietet, von Susen Marx, derselbe Namen wie beim Fischerboot. Hast du die Aussagen des Vermieters?"

„Ja, hier steht, dass die Frau etwa Ende Dreissig gewesen sei, blond, sportlich schlank und einen dunkelblauen Hosenanzug getragen habe, der gut zu ihren blauen Augen passte."

„Da hat aber einer genau hingesehen. Die Dame muss ihn beeindruckt haben."

„Ja, Ben, so etwas wird uns hier nie passieren. Steht im Mietvertrag wie sie bezahlt hat?"

„Bar, auch hier."

Summers stand auf und ging hin zur Pinnwand. Er begann einzelne Notizen zu verschieben.

„Zuerst hat sie das Fischerboot gemietet und ist nach Süden gefahren. Ob sie da den Lord schon angetroffen hat, wissen wir nicht.

Dann hat sie das Beiboot genommen und ist damit nach Arklow gefahren um das Motorboot zu holen. Das Fischerboot muss in der Nähe gewesen sein.

Dann hat sie das Motorboot wieder zurückgebracht, ist wieder auf das Fischerboot zurückgekehrt und nach Norden gefahren. Abends, kurz vor Abfahrt der letzten Fähre nach Dublin, hat sie das grosse Schiff in Holyhead zurückgegeben. Von der Zeit her müsste das machbar sein."

„Da muss ich dir zustimmen, so könnte es gewesen sein", sagte Wilkensen und fuhr dann fort", was ich nicht verstehe, Marc, warum zwei Boote? Eines hätte doch genügt".

„Ich sehe das so, dass Fischerboot wurde in England für eine Probefahrt gemietet. Darauf waren vier Personen, drei Fischer und die Frau.

Wir haben das Boot gefunden und konnten seinen Weg verfolgen. Hätten wir sie oder die drei Fischer gefunden, was hätten wir beweisen können? Die drei Männer würden jeden Eid schwören, dass sie mit der ganzen Sache nichts zu tun haben. Und das ist auch die Wahrheit, denn die Drei blieben auf dem Boot zurück als die Frau den Ausflug mit dem Beiboot unternahm. Und nur durch Zufall, nur durch den Versuch von Tom Wessel sind wir auf die Idee gekommen, dass es nicht das Fischerboot war. Wir hätten niemals nach einem anderen Boot gesucht, schon gar nicht in Irland."

„Du hast Recht, Marc. Und auch wenn wir den Ablauf lückenlos beweisen können bringt es uns nicht wirklich weiter, denn wir wissen nicht, wer die Frau ist und wo wir sie finden können".

Der vierte Kompagnon

„Summers am Apparat"

„Ja, ich bin der zuständige Inspektor"

Summers lauschte interessiert.

„Was sagen sie? Sie sind zu spät gekommen? Sie haben die Leiche von Lord Freeman gefunden. Auf dem Golfplatz."

Summers atmete tief durch.

„Gut, Konstabler Jones, sperren sie den Golfplatz und sorgen sie dafür, dass alle Personen dort bleiben. Das ist ein Notfall.

Erzählen sie den Leuten was immer sie wollen, aber keiner geht weg, alle Anwesenden haben zu bleiben. Das gilt für das Personal und für die Gäste. Beginnen sie damit die Personalien aufzunehmen. Ich werde in einer Stunde da sein. Haben sie die Spurensuche schon informiert?"

„Dann mache ich es."

„Danke für den Anruf und bis später."

Summers lehnte sich im Stuhl zurück. Was für eine verfluchte Scheisse. Der vierte tote Lord und nur noch einer übrig.

****

Als Summers und Wilkensen das Clubhaus erreichten, kam ihnen eine Schar Reporter entgegen die von den Uniformierten nur schwer in Schach gehalten werden konnten.

„Keine Ahnung wie die Presse das immer so schnell erfährt.

Die hören bestimmt den Polizeifunk ab."

Summers war genervt.

„Du musst ruhiger werden, Marc, so wie ich", sagte Wilkensen und stieg aus.

Summers wusste es selber. Seine mürrische Miene schreckte einen Teil der Reporter ab und den Rest würdigte er nicht mal eines Blickes.

„Konstabler Jones?"

Der Uniformierte grüsste mit militärischem Gruss.

„Tag Konstabler Jones, ich bin Inspektor Summers und dies ist Ben Wilkensen, unser Spurensucher.

„Sind sie allein hier?" Verwundert schaute Jones auf Wilkensen.

„Nein, zwei Leute sind beim Opfer und weitere Leute werden jede Minute auftauchen." Kaum gesagte, fuhren zwei Polizeiwagen vor.

„Würden sie uns zum Fundort führen?" Summers war immer noch leicht genervt.

„Natürlich, bitte folgen sie mir, wir müssen zum siebzehnten Loch".

Gemeinsam gingen sie über das satte Grün bis zum Abschlagspunkt des siebzehnten Lochs.

Mit dem Gesicht nach unten lag Lord Freeman auf dem kurz geschnittenen Rasen, den Golfschläger hielt er immer noch in der rechten Hand.

Nach unzähligen Fotos der Leiche und der unmittelbaren Umgebung, drehte Wilkensen den Toten um.

Das Gesicht des Toten war verzerrt, die Augen blutunterlaufen und seine Haut mit roten, unregelmässigen Flecken überzogen. Es sah so aus, als habe der Mann vor seinem Exitus grosse Schmerzen gehabt.

Die Männer schauten stumm auf den toten Lord.

„Das habe ich schon mal gesehen, wenn ich nur wüsste wo".

Alle schauten überrascht auf Wilkensen.

„Das heisst, dass es kein natürlicher Tod war?"

Summers wartete gespannt auf die Antwort.

„Da keine offensichtlichen Stich- oder Schusswunden zu sehen sind, geht der Pathologe verständlicherweise von einem natürlichen Tod aus. Es scheint als wäre der Lord an einem Herzinfarkt gestorben. Doch ob durch Krankheit oder Suizid spielt vorerst keine Rolle. Nur eine Obduktion kann die Antworten bringen."

„Dann muss er umgehend in die Pathologie. Wann seid ihr mit eurer Spurensuche soweit?"

„In einer halben Stunde kannst du den Lord abholen lassen."

Summers ging zurück zum Clubhaus, wo er schon erwartet wurde. Zuerst hatten die Gäste ihren Unmut lauthals kundgetan, sich aber dann doch beruhigt.

„Meine Damen und Herren, mein Name ist Summers, Kriminalinspektor, vielen Dank dass sie gewartet haben. Und vielen Dank, dass sie so freundlich waren ihre Personalien anzugeben.

Wie sie schon gehört haben, ist Lord Freeman tot auf dem Platz gefunden worden. Beim siebzehnten Loch. Ich bitte Alle die heute Nachmittag auf dem Platz waren oder mit Lord Freeman gesprochen haben, in den Speisesaal zu wechseln. Da wird ihnen auch Tee serviert. Den Leuten welche nicht mit dem Lord gesprochen und ihn nicht gesehen haben aber heute ungewöhnliche Dinge wahrgenommen haben, bitte ich einen Moment Platz zu nehmen. Ich werde sie als Erste befragen".

Summers schaute in die Runde. Ein paar Gäste verschwanden im Speisesaal und drei Gäste setzten sich in die bequemen Sessel und warteten auf ihn.

Die übrigen Gäste konnten nach Angabe ihrer Personalien den Club verlassen.

Von diesen Dreien erfuhr Summers nichts Neues. Er bedankte sich und wechselte in den Speisesaal. Hier waren es zehn Personen die beim Tee sassen.

„Meine Damen und Herren, wer von ihnen hat heute mit Lord Freeman gespielt, oder ist ihm auf dem Grün begegnet"?

Zwei Männer meldeten sich. Sie hatten den Lord bei Loch Sieben kurz gesehen und ein paar belanglose Worte gewechselt. Mehr konnte Summers nicht erfahren.

Summers wandte sich an Konstabler Jones.

„Ist das Personal noch hier?" Wo kann ich die Angestellten befragen?"

„Die meisten warten im kleinen Salon, ausser denen die sich um die Gäste kümmern müssen. Die können aber jederzeit gerufen werden".

„Danke, Konstabler, gute Arbeit":

Im kleinen Salon standen rund zwanzig Personen herum. Keller, Köche, Reinigungspersonal usw.

Ein älterer Herr kam auf Summers zu.

„Guten Tag Herr Inspektor. Mein Name ist Miller, ich bin der Manager des Clubs."

„Guten Tag Sir, dann werden ich ihnen die ersten Fragen stellen".

„Bitte fragen Sie".

„Wie lange und wie gut kannten sie Lord Freeman?"

„Lord Freemans Grossvater hat den Club gegründet und das ganze Anwesen ist in Familienbesitz. Der Lord ist - war - hier Zuhause.

Er bestimmte alleine die Hausregeln und entschied über alle Mitgliedschaften. Deshalb hatte er auch das Privileg alleine spielen zu können".

„Und, hat er immer allein gespielt?"

„Ja, Lord Freeman hat immer allein gespielt, er wollte seine Ruhe haben. Er hasste es beim Golfen gestört zu werden. Auch ein Mobiltelefon hatte er nie dabei wenn er auf dem Grün war".

„Und wie war es heute?"

„Es war wie immer, er kam so gegen drei Uhr, schaute kurz im Club vorbei, begrüsste ein paar Bekannte und ging dann übers Grün zum ersten Abschlag."

„Zu Fuss?"

„Lord Freeman ging immer zu Fuss. Er wollte auch keinen Caddy haben. Nein, es war wie immer."

„Danke Mister Miller, wenn ich später noch Fragen habe, komme ich bei ihnen vorbei."

172

In der nächsten halben Stunde unterhielt Summers sich angeregt mit dem Personal, machte sich Notizen und war am Ende so schlau wie am Anfang. Nicht der geringste Hinweis.

Er setzte sich an einen der kleinen Tische und blätterte in seinen Notizen. Wilkensen war in der Zwischenzeit mit seiner Arbeit fertig geworden und setzte sich nun zu Summers.

„Was hast du herausgefunden? Oder ist es wie immer, keiner weiss etwas".

„Ich habe die Gäste gefragt, dann die Bedienung, das Küchenpersonal, die Putzkolonne, die Hausdame, das Büropersonal und den Manager, aber niemand hat etwas bemerkt. Tatsächlich wie immer".

Wilkensen sah zum Fenster hinaus und sagte plötzlich, „dieses satte Grün muss doch unterhalten werden. Normalerweise machen das doch die Gärtner. Du hast aber keinen auf deiner Liste".

Summers sah verblüfft auf seinen Freund.

„Du hast Recht, es fehlen die Gärtner. Ben, was würde ich nur ohne dich machen.

****

„Mister Miller, wo finde ich die Gärtner?"

„Die haben heute ihre Jahresversammlung in London. Da alle unsere Gärtner organisiert sind, ist heute niemand hier."

Die Hausdame war in der Zwischenzeit hinzugetreten.

„Mister Miller, ich habe aber heute Nachmittag ein Fahrzeug einer Gärtnerei gesehen. Ich dachte sie hätten für heute eine Ersatz-firme engagiert".

„Nein, das habe ich nicht, so dringende Arbeiten waren heute nicht zu erledigen. Einen Tag geht es auch ohne die Gärtner".

„Aber da war doch ein Auto mit einem Firmennamen und einem Baum als Logo, es fuhr davon, als ich auf den Parkplatz ein-bog".

Summers Interesse war geweckt.

„Haben sie gesehen, wer den Wagen gefahren hat?"

„Das Gesicht habe ich nicht gesehen, ich erinnere mich an eine grosse Sonnenbrille und rote Haare, mehr konnte ich nicht erken-nen".

„Sie wissen nicht, ob es eine Frau oder ein Mann war".

„Das kann ich nicht sagen, es ging so schnell".

Summers war enttäuscht. Er hatte gehofft, dass die Hausdame den Fahrer, oder die Fahrerin beschreiben könnte.

„Wenn es ihnen weiterhilft, Herr Inspektor, dann können wir schauen ob auf den Videoaufnahmen mehr zu sehen ist".

„Videoaufnahmen?"

„Ja, seit dem Einbruch vor einer Woche wird das Clubhaus mit Videokameras überwacht".

174

„Und wo sind die Recorder"?

„Die sind in Büro, ich kann sie hinführen",

Summers Stimme klang vor Aufregung ganz rau. Das war endlich die Chance auf die er so lange gewartet hatte. Er konnte es kaum erwarten.

„Dann zeigen sie uns bitte die Aufnahmen."

Für den Inspektor dauerte es eine gefühlte Ewigkeit, bis sie im Büro waren und der Videorekorder endlich zu laufen begann.

Wilkensen stand neben Summers. Er war die Ruhe selbst.

„Locker bleiben, Marc, wir werden den Fall schon noch lösen".

Summers brummt etwas und schaute gespannt auf den kleinen Bildschirm.

„Um welche Zeit soll ich beginnen?"

Der schlaksige Junge der den Recorder bediente fragte in die Runde und wartete auf eine Antwort.

„Nun sag schon, Ben, wann etwa ist der Lord gestorben'"

„Es muss zwischen halb elf und halb eins gewesen sein."

„Dann spulen sie zurück bis um neun Uhr und starten den Film im Schnelldurchlauf".

Auf dem Monitor sah man Autos ankommen. Die Fahrer stiegen aus und gingen zum Clubhaus.

Andere Leute kamen aus dem Haus, stiegen in ihre Wagen und fuhren vom Parkplatz.

Es war so langweilig, dass sie den entscheidenden Augenblick beinahe verpasst hätten.

„Stopp", rief Summers so plötzlich, dass die Anderen erschraken. „Anhalten und zurückspulen".

Der Junge tat wie ihm befohlen wurde.

„Und jetzt langsam laufen lassen, am besten in Zeitlupe".

Die Hausdame hatte Recht, ein dunkelgrüner Pickup mit Aufbau, auf dem ein schlecht lesbarer Firmenname in roter, verschnörkelter Schrift stand, fuhr langsam auf den Parkplatz.

Gespannt schauten sie alle auf die Bilder.

Der dunkelgrüne Wagen hielt nicht an, sondern verschwand in unvermindertem Tempo aus dem Blickfeld der Kamera.

„Anhalten und zurückspulen."

Summers schaute mit Adleraugen auf das kleine Bild.

„Jetzt jedes Bild einzeln, wir wollen doch mal sehen, wie der Fahrer aussieht".

Bild für Bild folgte, eine endlose Folge von Aufnahmen des dunkelgrünen Pickup.

„Anhalten. Können sie das Bild schärfer stellen, damit das Nummernschild besser lesbar wird?"

Der Junge bemühte sich.

„Besser geht es nicht". Es klang wie eine Entschuldigung. Das Nummernschild war nur undeutlich und nicht zu entziffern. Vom Fahrer war auch nichts zu erkennen, die Sonne spiegelte sich in den Fenstern des Wagens.

„Im Schnellgang weiter spulen", sagte Summers. „Der Wagen muss doch wieder zurückgekommen sein".

Wieder dehnte sich die Zeit. Dann tauchte am rechten Bildrand ein Schatten auf und bevor Summers etwas sagen konnte, hatte der Junge den Film schon angehalten.

Er spulte zurück und lies nun wieder Bild für Bild folgen.

Jetzt sah man den Wagen kurz von der Seite.

„Wie ich gesagt habe, grosse Sonnenbrille und rote Haare", bemerkte die Hausdame.

Der Junge drehte am Apparat und das Bild veränderte sich, wurde heller und leicht deutlicher.

„Das ist eine Frau", sagte Wilkensen und Summers pflichtete ihm bei.

„Besser krieg ich es nicht hin, aber ich kann ihnen das Bild ausdrucken", sagte der Junge und Sekunden später ratterte der Drucker, spuckte eine Farbkopie aus. Deutlich zu sehen war eine Frau mit grosser Sonnenbrille und roten Haaren.

Dann lief der Film wieder weiter.

Der Wagen fuhr vorbei und nun war der Firmenname lesbar.

„Happy Garden" stand auf der dunkelgrünen Plane.

Dann war der Pickup vorbei und das Heck des Fahrzeuges wurde sichtbar.

Wieder kam Summers zu spät. Als die Rückseite des Wagens sichtbar wurde, hielt der schlaksige Junge den Film erneut an und zoomte auf das nun deutlich lesbare Nummernschild.

Eilig notierte Summers die Buchstaben und Zahlen und griff nach seinem Telefon.

„Hier Inspektor Summers. Geben sie sofort eine Fahndung nach einem dunkelgrünen Pickup heraus." Es dauerte einen Moment bis der Mann in der Zentrale bereit war, dann nannte ihm Summers die Nummer.

„Wenn sie den Wagen gefunden haben und er steht leer an einem Ort, nur unauffällig beobachten und warten bis sie von mir weitere Befehle erhalten. Wenn sie den Wagen verfolgen, dann unauffällig und mit äusserster Vorsicht.

Auch hierbei auf weitere Befehle und Anweisungen warten. Das heisst, dass sie mich in jedem Fall sofort anrufen werden. Alles verstanden?"

Ohne die Antwort abzuwarten klappte er sein Telefon zu und wandte sich an die Hausdame.

„Sie kennen nicht zufällig die Person im Auto?"

„Leider nein, Herr Inspektor, ich habe die Dame hier noch nie gesehen und diese Firma Happy Garden ist mir auch nicht bekannt".

Summers klappte sei Notizbuch zu.

„Das wäre auch zu schön gewesen."

****

Nach einer Stunde schellte Summers Telefon. Der Pickup war gefunden worden. Er stand auf einem öffentlichen Parkplatz am Bahnhof von Bromley. Leer und verlassen. Die Parkuhr war seit einer Stunde abgelaufen. Dies war auch der Grund, warum der Wagen so schnell gefunden wurde.

„Haben sie eine Landeskarte hier"?

„Sofort, Herr Inspektor, einen Moment".

Nach einer Minute brachte der Hausbursche eine Karte die Summers sogleich auf dem Tisch ausbreitete. Den Finger legte er auf Bromley.

„Na, wunderbar. Vom da aus kann sie mit dem Zug weiter und durch den Eurotunnel nach Frankreich verschwinden. Oder mit dem Zug nach Dover und dann auf die Fähre. An jedem Ort an der Küste kann sie in ein Boot gestiegen sein und irgendwo auf dem Festland anlegen. Der Flugplatz London City ist nahe, Heathrow und Gatwick sind auch gut zu erreichen. Sie kann in jede Richtung verschwunden sein. Und rote Haare wird sie auch nicht mehr haben". Summers starrte resigniert auf die Karte.

„Dann lass uns den Wagen auf Spuren untersuchen.

Und vielleicht hat doch jemand etwas bemerkt oder eine der unzähligen Überwachungskameras hat etwas aufgezeichnet. Ich werde gleich ein paar meiner Männer darauf ansetzten".

„Gut, machen wir das so. Komm wir fahren auch hinüber nach Bromley, vielleicht finden wir doch noch etwas".

„Marc, so brutal es auch tönt, eine Chance haben wir noch", sagte Wilkensen.

„Und die wäre?" fragte Summers.

„Lord Leeland lebt noch, der letzte Kompagnon. Hoffentlich kommen wir da nicht zu spät, so wie hier."

„Ben, du hast Recht, das ist unsere letzte Chance. Und wir sind ihr dicht auf den Fersen."

Summers griff zum Telefon.

„Ist die Überwachung von Lord Leeland schon aufgenommen worden? Sehr gut. Die Zahl der Bewacher muss verdoppelt werden. Der Lord darf keinen Schritt mehr machen ohne abgeschirmt zu sein. Er schwebt in höchster Lebensgefahr".

Summers wandte sich an Wilkensen.

„Wenigsten diesmal hat es funktioniert. Lord Leeland wird rund um die Uhr beschützt."

„Und ohne zu protestieren? Das kann ich mir nicht vorstellen".

„Zu Anfang sei er sehr heftig dagegen gewesen. Als sie ihm aber den Tod von Lord Freeman mitgeteilt hatten, sei er handzahm geworden. Der Zuständige meinte sogar, der Lord mache sich vor Angst fast in die Hosen."

„Allen Grund dazu hat er."

„Komm, lass uns endlich fahren, ich bin gespannt ob wir etwas finden werden".

****

Der Parkplatz war grossräumig abgesperrt, was nicht allen Autofahrern gefiel.

„Wir haben auf sie gewartet, wir haben den Wagen nicht angerührt."

„Sehr gut gemacht, Sergeant, sehr gut".

Summers Laune hatte sich ein wenig gebessert.

Er sah auf Wilkensen und dann streiften beide Handschuhe über.

„Dann wollen wir mal", sagte dieser und gemeinsam gingen sie auf den grünen Pickup zu.

„Keine Angst vor einer Bombe?" fragte Wilkensen.

„Nein, das würde Unschuldige töten, das ist nicht ihr Stil."

Sie öffneten vorsichtig die beiden Kabinentüren und schauten hinein. Alles schien sauber gereinigt worden zu sein.

„Lass uns auf der Pritsche nachsehen, vielleicht finden wir da etwas.

Sie gingen nach hinter und zogen die Plane beiseite. Mit einer Taschenlampe leuchteten sie hinein.

„Was zum Teufel ist das?"

Summers starrte auf eine sonderbare Konstruktion.

„Sieht aus wie eine Kanone. Hat ein dickes Rohr, aber nur eine kleine Mündung. Und weiter hinter steht eine riesige Kiste. So etwas habe ich noch nie gesehen".

Sie lösten die Verspannung der Plane und mit Hilfe von zwei Uniformierten zogen sie das Verdeck herunter.

„Das hat wirklich eine Ähnlichkeit mit einer Kanone. Wobei ich nicht weiss, was die zusätzlichen Apparate sollen".

„Es wird das Beste sein, wenn ich den Wagen mitnehme. Hier kann ich nicht viel tun, Marc."

„Gut, Ben, nimm den Wagen mit. Ich hoffe du findest etwas was uns weiterhilft.

Herbi

„Hallo Herbi, eine ungewohnte Umgebung. So viel Luxus hätte ich bei dir nicht erwartet."

Er sprang auf, schlang seine Arme um sie und küsste sie dreimal auf die Wangen.

„Schön dass du gekommen bist."

Sanft löste sie sich aus seinen Armen, lächelte ihn an und strich ihm über die unrasierte Wange.

„Ich weiss, aber heute Morgen war ich zu faul um mich zu rasieren."

„Schon gut, eigentlich kenne ich dich nicht anders, du bist für mich immer noch der Inbegriff des rauen Naturburschen, auch wenn du jetzt von diesem Luxus umgeben bist."

Und so war es auch. Der grosse Pool war von sattem Grün umsäumt auf dem sich schlanke Palmen in der warmen Meeresbrise wiegten. Herbi hatte sich auf einer der schönsten Inseln des Archipels ein kleines Haus gekauft.

„So viel Luxus ist es nicht, meine Hütte hat nur drei Zimmer und ist genau gleich gross wie der Pool."

„Warum hast du einen Pool wenn das Meer vor deiner Nase liegt?"

„Eigentlich brauche ich ihn nicht, er war schon da als ich das Haus gekauft habe."

„Komm setz dich und erzähle was du seit unserem letzten Treffen erlebt hast."

Herbi schob einen Liegestuhl heran.

„Bier oder Champagner?" du hast die Wahl.

„Lieber ein Bier, möglichst kalt."

„Kommt sofort." Herbi verschwand im Haus und tauchte Sekunden später mit zwei Flaschen Bier und zwei Gläsern auf.

„Hast du kein Personal?" fragte sie und sah sich um.

„Nein, zweimal die Woche kommt eine Firma die das Ganze in Schuss hält. Ich lebe allein, so habe ich meine Ruhe. Wenn ich Trubel will, dann bin ich in einer Viertelstunde im Ort."

Er öffnete die Flaschen und sah fragend auf seinen Gast.

„Ohne Glas", sagte Andrea und nahm die Flasche vom Tisch.

„Auf ein neues Leben", sagte Herbi und nahm einen grossen Schluck.

„Auf ein neues Leben, sagte sie und tat es ihm nach.

„Das schmeckt fast so gut wie im Platanenhof", sagte sie.

„Stimmt, fast so gut. Das wäre vielleicht früher ein Grund gewesen wieder in die Schweiz zu reisen, doch heute vermisse ich nichts mehr aus meiner Vergangenheit, ausser deiner Gesellschaft."

Er lächelte ihr zu, nahm einen grossen Schluck und wischte sich den Schaum vom Mund.

„Aber nun erzähle mal was du seit unserem letzten Treffen alles erlebt hast".

Es schien als wäre sie mit ihren Gedanken weit weg und hätte seine Frage nicht gehört.

„Ich habe meine Aufgabe erfüllt, der Gerechtigkeit ist ein kleines Stück genüge getan, auch wenn es nicht alle so sehen."

„Willst du damit sagen, dass ...." Herbi verschlug es die Sprache.

Andrea schaute ihn an und nickte kaum merklich

„Und wie ist es dir ergangen? Ich war sehr überrascht als du mich hierher eingeladen hast".

Er hatte sich wieder gefasst und versuchte seine Gedanken neu zu ordnen.

„Als der Job erledigt war, habe ich mein altes Leben wieder aufgenommen und bin auf Schatzsuche gegangen. Mehrmals bin ich nur knapp der Verhaftung durch die Polizei entgangen und am Ende hatte ich endlich Glück. Das Diamantenfeld war nur klein aber sehr ergiebig.

Den grössten Teil habe ich an meine Freunde verschenkt und mit dem Rest habe ich genug bis zum Ende meiner Tage, was hoffentlich noch in weiter Ferne liegt."

„Freunde, Herbi? Das hätte ich nicht erwartet."

„War auch nicht vorgesehen, ist einfach so geschehen. Für sie bin ich ein Teil ihrer Familie, ihres Lebens geworden. Und für mich war es ebenso. Darum ist mir auch der Abschied so schwer gefallen."

„Warum bist du denn gegangen?"

„Wenn dir die ganze Zeit die Justiz im Nacken sitzt, ist es besser zu verschwinden. Und wer weiss wer sonst noch hinter mir her war."

„Und warum ausgerechnet hier hin?"

Sie schaute sich um. Er lebte hier wirklich in einem Paradies.

„Hier habe ich alles was ich brauche und hier bin ich ausserhalb der Reichweite meiner Feinde. Hier sucht mich keiner. Zudem heisse ich hier Georg und bin ein Einheimischer. Herbi ist ein Name aus der Vergangenheit."

„Dann Georg, auf dein neues Leben."

„Und dein neues Leben? Ich kenne dich seit der Schulzeit und habe dich immer bewundert. Du warst das einzige Mädchen das besser war als wir Jungs.

Ich weiss noch wie du mit dem Schweissbrenner umgegangen bist und mit allen Fahrzeugen fahren konntest. Ich habe dich beneidet wenn du mit den Baumaschinen auf dem Werkhof herumgerast bist."

„So schlimm war es doch nicht, oder?"

„Lassen wir das. Aber sag, wie geht es deinem Vater? Hat er immer noch die Baufirma? Oder hast du sie übernommen?"

Sie lachte.

„Nein, als mein Vater in Pension ging, hat er die Firma verkauft."

„Aber du hast doch Maschinenbau studiert, du warst eine der wenigen Frauen die das gemacht haben, da hättest du doch die Firma übernehmen können."

„Hätte ich, und es war auch der Wunsch meines Vaters. Aber ich wollte erst einmal die Welt sehen und habe in verschiedenen Ländern und bei unzähligen Firmen gearbeitet. Meist waren es kleine Unternehmen die kurzfristig jemanden brauchten.

Und denen es egal war, dass ich eine Frau bin".

Wieder lächelte sie.

„Im Nachhinein muss ich gestehen, dass es manchmal auch ein Vorteil sein konnte."

„Und dann habe ich meinen Mann kennengelernt".

Ein Schleier von Traurigkeit legte sich auf ihr Gesicht. Herbi bemerkte es betroffen.

„Du musst nichts sagen. Aber wenn du reden möchtest, ich habe Zeit."

„Danke, Herbi, für dein Verständnis und deine grosse Hilfe. Ohne dich wäre ich nie so weit gekommen."

Sie beugte sich zu ihm hinüber und strich ihm liebevoll übers Haar.

Herbi schaute sie lange an.

„Ich werde dich immer so in Erinnerung behalten, als die schönste und wunderbarste Frau der Welt. Und ich weiss, dass wir uns nie mehr wiedersehen werden. In unseren neuen Leben ist dafür kein Platz vorgesehen".

Sie standen beide auf, umarmten sich und küssten sich auf die Wangen. Dann löste sie sich von Herbi und strich ihm wieder über die unrasierte Wange.

„Danke", dann drehte sie sich um und ging durch den Garten davon.

Noch lange schaute Herbi auf die Stelle an der sie für immer verschwunden war.

Er hatte noch den törichten Gedanken gehegt, dass sie vielleicht hier bleiben würde, bei ihm, für immer, denn er liebte sie seit sie Kinder waren.

Andrea, die Liebe seines Lebens.

Der Lösung nahe

„Die Todesursache war ein Herzinfarkt, ein typisches Ende für gestresste Verwaltungsräte und Manager."

Der Pathologe zog das Tuch wieder über den Leichnam.

„Den schriftlichen Befund haben sie Morgen auf ihrem Schreibtisch."

Der Pathologe wollte seinen Arztkittel ausziehen und hielt mitten in der Bewegung inne.

„Ist sonst noch etwas? Sie sagen gar nichts. So schweigsam heute?"

Wilkensen schüttelte den Kopf.

„Mein lieber Doktor, ich kann ihre Ansicht zur Todesursache nicht teilen. Es war kein Herzinfarkt, es war Mord".

„Mord? Wie kommen sie denn darauf?"

„Lord Leeland ist innert kürzester Zeit der vierte Tote der Minengesellschaft."

„Ich dachte die Lords sind bei Unfällen ums Leben gekommen. So steht es in den Zeitungen. Und sie wissen es besser?"

„Ja, es war in allen Fällen Mord. Auch dieses Mal. Davon bin ich überzeugt."

„Und wie soll der Lord umgebracht worden sein? Das Herz hat versagt, das haben meine Untersuchungen ergeben".

„Hatte der Tote Medikamente eingenommen?"

„Nur das übliche. Etwas gegen zu hohen Blutdruck und das löst normalerweise keinen Infarkt aus".

„Was muss ich machen, dass es wie ein Infarkt aussieht? Was könnte das sein?"

„Als einzige Alternative bleibt ein Mittel das den Herzschlag so beschleunigt dass das Herz an Überreizung kollabiert.

Das kann hier nicht der Fall sein, den die toxikologischen Untersuchungen haben nichts ergeben".

„Das kann ich verstehen, Doc, aber wir können hier keine normalen Massstäbe anlegen. Der Mörder ist überaus raffiniert und kreativ. Könnte es ein Gift sein auf das normalerweise nicht getestet wird?"

Der Pathologe schaute verblüfft auf Wilkensen.

„Wenn wir das in Erwägung ziehen, dann kann es nur ein Nerven oder Kontaktgift gewesen sein".

„Und das lässt sich nachweisen?"

„Die Tests sind sehr aufwändig und manche Gifte sind so flüchtig, dass sie sich schon nach kurzer Zeit nicht mehr nachweisen lassen".

„Was muss ich tun, dass diese Untersuchungen trotzdem noch gemacht werden?"

„Wenn sie mich höflich darum bitten, werde ich sofort damit anfangen. Ich hatte schon lange keinen ungeklärten Todesfall mehr. Und wenn es am Ende doch ein gewöhnlicher Infarkt war, hatte ich doch wieder einmal das Vergnügen meine gesamte Infrastruktur zu nutzen".

„Dann, mein lieber Doktor, möchte ich sie höflich Bitten mit den Untersuchungen zu beginnen".

„Dann ist es besser wenn sie jetzt mein Labor verlassen. Ich arbeite am liebsten allein und hasse es wenn mir dabei dauernd einer über die Schulter schaut."

„Wenn das so ist, dann verschwinde ich. Viel Spass und viel Erfolg".

Der Pathologe bemerkte schon nicht mehr wie Wilkensen leise aus dem Labor schlich.

„Marc, als ich auf dem Golfplatz Lord Freeman umgedreht hatte, habe ich dir doch gesagt, dass ich so ein Gesicht schon mal gesehen hätte. In der Zwischenzeit ist es mir in den Sinn gekommen. Es war in einer der Publikationen von Interpol. Es zeigte Opfer in Südamerika".

„Südamerika?"

„Ja, Südamerika".

„Und die Todesursache?"

„Herzinfarkt, bei allen Toten".

„Bei allen Toten? Wie viele waren es denn?"

„Ich habe nochmals nachgelesen. Es waren fünfzehn."

„Fünfzehn? Und alle an einem Herzinfarkt gestorben? Ist das nicht seltsam?"

„Ja, vor allem wenn der Älteste um die siebzig und der Jüngste zehn war".

„Gab es denn keine weiteren Untersuchungen?"

„Nein, die Toten wurden umgehend beerdigt oder eingeäschert, angeblich um eine Seuche zu verhindern."

„Und was ist deine Meinung, Ben?

Du musst doch zu einem anderen Ergebnis gekommen sein."

„Der Pathologe hat auch auf Infarkt getippt und auf mein Drängen hin doch noch weiter gesucht.

Fast hätte er es übersehen. Im Nacken des Toten war eine kleine Wunde.

Es sah aus wie ein Insektenstrich. Normalerweise würde ich dem auch keine Bedeutung zumessen, wenn wir nicht die Ursache für den Einstich gefunden hätten".

„Die Ursache?"

„Ja, die stand auf dem Pickup. Was ausgesehen hat wie eine Kanone ist auch eine.

Man kann es auch Gewehr nennen. Hauptsächlich besteht das Ganze aus einen Gewehrlauf, einem Abzug und einem Patronenlager das eigentlich ein kleiner Gefrierschrank ist".

Wilkensen stand auf und schaute auf Summer.

„Komm mit, ich zeige es dir."

Gemeinsam gingen sie in das grosse Labor hinunter. Wilkensen schlug eine grosse Plane zurück und zeigte auf die seltsame Konstruktion.

„Also, hier siehst du den Gewehrlauf. Er ist mit einer Isolationsschicht eingepackt, darum erscheint er auch so dick.

Und das das hinten", sie gingen an das andere Ende des Tisches, „und das hier ist so was Ähnliches wie ein Gefrierschrank".

„Und wofür soll das gut sein? Um eisgekühlte Patronen zu verschiessen?"

„Beinahe, so wie ich das bisher sehe, haben sie damit Eiszapfen verschossen. Eis ist hart wie Stahl.

Und wenn es geschmolzen ist, dann hat sich das Geschoss buchstäblich in Nichts aufgelöst".

Summers starrte auf den Apparat

„Unglaublich, wer baut denn so was."

„Da wirst du schon jemanden finden. Du musst nur die richtigen Kontakte und Verbindungen haben".

„Aber von einem Eiszapfen bekommst du keinen Herzinfarkt."

„Da stimme ich dir zu. Wenn du allerdings das Eis mit etwas mischst, kann es durchaus sein".

„Und womit kann man das Eis mischen? Du hast dazu bestimmt eine Idee."

„Ja, die habe ich. Aber beweisen kann ich es nicht. Und das wird auch sehr schwer sein, denn Nervengifte sind sehr schwer nachzuweisen".

„Nervengifte?"

„So ist es. Bei manchen genügt der Hautkontakt oder eine kleine Wunde. So wie bei Lord Freeman. Der Pathologe untersucht die Leiche noch einmal und zusätzlich habe ich eine Wasserprobe zum Militär geschickt, die sollen es auf Spuren von Nervengift untersuchen. Auch wenn es uns der Mörderin im Moment nicht näher bringt, wissen wir am Ende vielleicht wie der Lord gestorben ist".

Summers schaute fasziniert auf den Apparat.

„Genial, auch wenn das Ding zum Morden gebraucht wurde, einfach genial".

„Komm, gehen wir zurück ins Büro und lassen die Männer hier ihre Arbeit tun."

****

Als sie es sich in Bens Büro bequem gemacht hatten, fragte Ben: „sag mal, warum bist du dir so sicher dass der Mörder eine Frau ist?"

„Du erinnerst dich an die Bootsmiete, dann der Film vom Golfclub und auch die Untersuchungen von Philips weisen in diese Richtung.

Ich habe dir doch gesagt, dass er nicht sehr kreativ, aber sehr beharrlich ist. Er hat den Fall Lord Hermsteat nochmals untersucht und ist allen Hinweisen nachgegangen.

In der fraglichen Zeit hat ein Autofahrer an der Baustelle jemanden in einem grauen Regenmantel gesehen und er ist überzeugt, dass es eine Frau gewesen ist. Und in der näheren Umgebung hat nur eine Frau ein Hotelzimmer gebucht. Natürlich unter falschem Namen. Die Frau war um die Vierzig, mollig und hatte rote Haare. Das war auch der Grund, warum sich der Hotelier noch an sie erinnern konnte. Er steht auf diesen Typ Frau".

„Dann suchen wir also eine schlanke, mollige Dreissig bis Vierzigjährige mit braunen, roten, blonden Haaren, mit blauen Augen, einer grosser Sonnenbrille und einem sympathischen und bezaubernden Lächeln. Nicht zu vergessen, dass sie mit einem Boot, einer Strassenwalze und einer Eiskanone umgehen kann. Nichts leichter als das".

„Ja", sagte Summers und lehnte sich zurück. „Nichts leichter als das".

Schweigend sassen sie da und schauten auf die Pinnwand. Irgendwo musste doch die Lösung sein.

„Kannst du dich erinnern, Ben, das wir zum Schluss gekommen sind, dass es etwas aus der Vergangenheit der „First Nugget International Mining Company" sein muss welches die Ursache für die Morde ist? Da müssen wir suchen."

„Ich muss dir zustimmen, Marc. Aber vergiss nicht, wir haben immer noch einen grossen Trumpf, wir haben einen lebenden und gut gewachten Lord. Vielleicht versucht sie auch ihn umzubringen. Das wird dann wohl nicht so einfach sein."

„Hoffen wir es, Ben, hoffen wir es".

Summers schaute aus dem Fenster in den Garten. Es würde noch viel Arbeit nötig sein um die Morde aufzuklären. Wenn es denn möglich war. Manchmal zweifelte auch er.

Der fünfte Kompagnon

Lord Leeland hatte, wie jeden Mittwoch zur Mittagszeit, sein Büro verlassen und fuhr in Begleitung seiner Bodyguards mit dem Direktionsaufzug hinunter in die Tiefgarage.

Bei schönem Wetter liess er es sich früher nicht nehmen bis in die Lobby zu fahren, durch den Haupteingang das Gebäude zu verlassen und ein paar Schritte zu Fuss zu gehen.

Vor dem imposanten Gebäude wartete dann der Bentley und fuhr neben ihm her bis er zwei Strassen weiter zustieg. Heute war das nicht mehr so.

Lord Leeland hatte Angst, Todesangst.

Seit ihm die Polizei ihre Vermutung mitgeteilt hatte, seine vier Kompagnons seien nicht bei Unfällen ums Leben gekommen, hielt er sich nur noch in geschlossenen Räumen auf und vermied es nahe ans Fenster zu gehen.

Pausenlos patrouillierten bewaffnete Bodyguards auf seinem weitläufigen Anwesen und auch im Haus wurde er immer von zwei Männern begleitet.

Am diesem Morgen musste er das Haus verlassen. Er war der letzte der Firmeninhaber und für heute war die erste Aktionärsversammlung nach dem Tod der Kompagnons einberufen worden.

Nachdem die ganze Umgebung kontrolliert worden war, verliess Lord Leeland dicht umringt von seinen Bodyguards sein Haus und stieg in eine gepanzerte Limousine.

Zuvorderst fuhr ein grosser SUV. Dann folgte eine Limousine mit weiteren Bodyguards, dahinter sein Bentley mit den getönten Scheiben, anschliessend der Wagen in dem er sass und den Schluss bildete wieder ein SUV.

So setze sich die Wagenkolonne in Bewegung, verliess das Anwesen und fuhr in Richtung London City. Die Autos fuhren so dicht aufeinander, dass kein weiterer Wagen sich dazwischen schieben konnte.

Als er in der Tiefgarage ausstieg und in den Direktionslift trat, atmete er zum ersten Mal auf.

Der Aufzug brachte ihn bis in die einundzwanzigste Etage. Er betrat den ihm so vertrauten, hellen und luxuriösen Konferenzraum.

Die Sonne streute ihr Licht über den dunkelblauen Teppich und flimmerte über das dunkle, schwere Mobiliar. Englische Meisterwerke mit Jagdszenen zierten die mit weissem Brokat bezogenen Wände. Das Interieur passte nicht in diesen Glaspalast.

Vor der grossen Panoramascheibe die einen atemberaubenden Ausblick auf London bot, standen die Vertreter der Familien seiner ehemaligen Freude und Kompagnons. Es waren die ältesten Söhne von Hermstead und Freeman und eine Tochter von Carenteer.

Er kannte sie seit sie Kinder waren, denn regelmässig trafen sich die Familien an Geburtstagen, Jubiläen und an besonderen Feiertagen.

Einer der Anwesenden stand allein. Von ihm abgewandt betrachtete er, vor der Wand stehend, die Fotos der Kompagnons.

Als sich der Mann umdrehte, erkannte er ihn. Sein Foto war in verschiedenen Zeitung abgebildet gewesen. Tom Hart.

Leeland nickte den Anwesenden zu und setzte sich auf den Stuhl des Vorsitzenden am Ende des Tisches.

„Bitte nehmen sie Platz."

Nachdem sich alle an den Konferenztisch gesetzt hatten, ergriff Lord Leeland das Wort.

„Meine Dame, meine Herren, wir haben heute nur über zwei Traktanden zu befinden. Das Erste ist die Wahl der neuen Mitglieder des Verwaltungsrates und das Zweite die Festlegung der nächsten ausserordentlichen Generalversammlung. Ich schlage vor, dass wir dasselbe Vorgehen wählen wie es sich in den letzten Jahren bewährt hat."

Die Nachkommen seiner Kompagnons kannte er und wusste was ihn von dieser Seite erwartete. Nur Tom Hart war für Lord Leeland nicht einschätzbar, er befürchtete in ihm einen harten Gegenspieler zu finden.

Doch bald merkte er, dass Tom und Preston Hart gar nichts Gemeinsames hatten. Die Beiden waren so verschieden wie Tag und Nacht.

Die Wahl der neuen Vorstandsmitglieder war nur eine Formsache und nachdem sie einen, allen genehmen, Termin für die ausserordentliche Vorstandssitzung gefunden hatten, war das Festlegen der Traktanden nur eine Angelegenheit von Minuten.

Lord Leeland bedankte sich bei den Anwesenden und wünschte ihnen einen schönen Tag.

Noch war er der Boss und hatte den Respekt der Neuen.

Als die Anderen gegangen waren blieb er sitzen und schaute sich um. Noch immer war das Loch in der Wand zu sehen in dem der schwarze Pfeil gesteckt hatte.

War es wirklich erst zwei Jahre her?

Er hatte sich unbezwingbar und unverwundbar gefühlt, so wie seine Kompagnons auch.

Aber seine Welt hatte sich verändert, unheimlich schnell verändert.

Sein bisheriges Leben lag in Trümmern.

Seine Mitstreiter waren umgebracht worden. Einer nach dem Anderen.

Und er wusste warum.

Er war der Letze der Fünf und fürchtete um sein Leben. Er hatte Angst, Todesangst.

So sass er da, an dem grossen Konferenztisch, an dem so wichtige und weitreichende Entscheide getroffen wurden. Entscheide welche sie unermesslich reich gemacht hatten.

Entscheide aber auch die viele Menschenleben gekostet hatten. Für die fünf Kompagnons waren es unvermeidliche Kollateralschäden gewesen.

Und dann wurden sie von ihren Entscheidungen eingeholt.

Lord Leeland fragte sich, wie es dazu hatte kommen können.

****

„Niemals hätten wir diesem Preston Hart vertrauen dürfen. Der hat uns ins Verderben gerissen. Ein Gauner bleibt eben ein Gauner", sagte er laut und verdrängte, das die „First Nugget International Mining Company" die Drahtzieherin der Verbrechen war.

Der Lord wollte aufstehen, als es laut knallte.

Er erschrak so heftig, dass er erstarrte, sich nicht mehr rühren konnte. Dann begann er am ganzen Leib zu zittern, Schweiss drang aus allen seinen Poren und er erwartete gleich zu stürzen.

Wie aus weiter Ferne vernahm er Stimmen und durch einen weissen Nebel sah er Menschen wie in Zeitlupe auf ihn zulaufen. Er sackte in seinem Sessel zusammen und dachte, „das ist also das Ende".

„Lord Leeland, ist ihnen etwas geschehen? Wie können wir ihnen helfen?"

Langsam nahm er seine Umgebung wieder wahr, fand in die Realität zurück.

Seine Bodyguards rannten zum Panoramafenster um gleich wieder neben ihm aufzutauchen.

„Kein Grund zur Sorge, das Glas ist unbeschädigt, vermutlich ist ein Vogel dagegen geflogen."

****

Es gab Situationen in denen sich Lord Leeland jedes Mal heftig erschrak und glaubte sein Ende sei gekommen. Und die Fälle häuften sich.

Ein Auto, das eine Fehlzündung hatte, eine Tür die vom Wind zugeschlagen wurde.

Jedes Mal glaubte er, jetzt hätten sie auch ihn erwischt.

Die Veränderung verlief erst schleichend, dann in heftigen Schüben. Lord Leeland steigerte sich in seiner Angst in Wahnvorstellungen, sah alle Menschen ihm nach dem Leben trachten. Er ass und trank nichts was nicht vorgekostet wurde. Erschrak bei jedem Geräusch und vor jedem Schatten, am Ende sogar vor seinem Eigenen.

Lord Leeland wurde vier Wochen später in die geschlossene Abteilung eingeliefert.

Nicht therapierbar, so die einhellige Meinung der Psychiater.

Das Ende

Daniel Roth brauchte Zeit um die Überraschung zu verdauen. Er hatte geglaubt sie wäre tot. Dachte, auch sie wäre bei der Katastrophe ums Leben gekommen, wie so viele Andere auch. Darum hatte er erst an einen schlechten Scherz geglaubt, als ihn eine weibliche Stimme, - ihre Stimme -, um ein Treffen gebeten hatte. Erst wollte er nicht hingehen, dann aber liessen ihm seine Zweifel keine andere Wahl.

„Und wenn sie es doch ist? Und wenn sie überlebt hat? Was war mit ihr geschehen? Warum meldet sich erst jetzt? Warum bei ihm?

Schon eine Stunde vor der vereinbarten Zeit war der Professor auf der Terrasse des Bundeshauses in Bern angekommen.

Nur wenige Menschen waren an diesem nebligen Sonntagmorgen unterwegs. Er schaute sich um und dann wieder auf seine Uhr, die Zeit schien stehenzubleiben. Er tigerte von einem Ende der Terrasse zur anderen, schaute an der grauen Fassade des Bundeshauses empor, ohne die markanten und kräftigen Linien des Mauerwerks wahrzunehmen. Auch die schwundvollen Bögen über den Fenstern sah er nicht. Dann wandte er sich auf die andere Seite, schaute über die Mauer hinunter zur Aare die über das Stauwehr rauschte und vorbei am Marzili, dem kleinen Stadtteil am Fluss welcher die Stadt Bern in einem grossen Bogen umfloss.

Wieder schaute er auf die Uhr. Immer noch zehn Minuten. Er ging wieder bis ans Ende der Terrasse und drehte wieder um. Abrupt blieb er stehen. Aus dem Nebel kam eine Gestalt auf ihn zu. Die schlanke Figur, der Gang, - das musste sie sein.

Sie war älter geworden und ein paar Falten waren hinzugekommen, so wie bei Ihm auch, waren die Jahre nicht spurlos am ihnen vorbeigegangen.

Die braunen Augen blickten härter, der Mund wirkte schmaler und die dunklen Haare die unter dem modischen Hut hervorschauten, waren stumpfer geworden. Und doch, sie war eine schöne und faszinierende Frau geblieben.

„Hallo Professor, lange nicht gesehen."

Sie reichte ihm ihre schmale Hand.

„Hallo Frau Walther", mehr brachte er nicht heraus. Ein dicker Kloss schien in seinem Hals zu stecken.

Er griff nach ihrer Hand und hielt sie fest.

„Wollen wie uns nicht setzen?"

Sie entzog ihm ihre Hand, drehte sich um und ging zu einer Parkbank. Er reagierte erst als sie schon auf der Bank sass und zu ihm hochblickte.

„Wir dachten sie wären beim Brand ums Leben gekommen."

„Es war auch sehr knapp gewesen. Als das Haus einstürzte, habe ich einen Schlag gegen meinen Kopf bekommen. Ich konnte dem Feuer entkommen, hatte aber mein Gedächtnis verloren.

Es dauerte Monate bis meine Erinnerungen an mein früheres Leben und an Birrhausen langsam wieder zurückkamen.

„Sie wissen dass Walter lebt?"

„Ja, das weiss ich. Ich weiss auch, dass es ihm langsam besser geht."

„Warum haben sie ihn nie besucht?"

„Sein Arzt meinte es wäre noch zu früh, er wäre noch nicht stabil genug."

„Aber sie hätten mit mir Kontakt aufnehmen können."

„Das habe ich doch jetzt getan."

„Und warum nicht früher?"

„Ich musste das Ganze erst selber verarbeiten und dann wollte ich wissen, warum das alles geschehen ist."

Er wartete darauf, dass sie weiter erzählen würde, doch sie schwieg.

„Das wollten wir alle", sagte er und begann zu erzählen. „Zusammen mit Interpol haben wir am Ende die Täter doch noch gefunden. Sie kamen aus Osteuropa.

Doch als wir sie in Südamerika aufspürten, sie hatten auch dort eine ganze Ortschaft ausgelöscht, waren sie schon tot und wir konnten nichts über die Auftraggeber erfahren.

Unser Verdacht richtete sich dann auf eine Firma in London die am Meisten davon profitiert hatte, doch auch hier kamen wir zu spät, denn vier der Firmeninhaber starben bei Unfällen und der Fünfte landete in der Psychiatrie".

Wieder schwiegen sie. Fast endlos dehnte sich die Zeit.

Dann legte sie ihre Hand auf die seine.

„Sie haben ihre Strafen verdient, das allein zählt. Egal ob sie in der Anstalt landeten oder bei Unfällen ums Leben kamen".

Noch immer lag ihre Hand auf der seinen.

Sollte er weiter fragen? Oder das Ganze ruhen lassen? Nur noch nach vorne blicken?

202

Doch, er wollte es wissen.

„Wie haben sie herausgefunden, wer für die Katastrophe verantwortlich war? Wir haben so lange gesucht und sind dann jedes Mal einen Schritt zu spät gekommen."

Die Zeit schien sich unendlich zu dehnen. Er sah wie sie innerlich mit sich kämpfte. Dann zog sie ihre Hand zurück.

„Ich habe auch lange gesucht. Es war Zufall. In einer Zeitung aus Südamerika war die Rede von einem kleinen Ort in der Wüste mit vielen ungeklärten Morden und am Ende wurde das Dorf durch einen Brand zerstört, da sind nur noch Ruinen übrig geblieben."

„So wie in Birrhausen".

„Ja, so wie in Birrhausen".

„Und dann?"

„Dann habe ich nach den Hintergründen geforscht.

Am meisten profitierte eine Firma in London, die das Land zu einem Spottpreis kaufte und dann astronomische Summen an den Bodenschätzen verdiente. Diamanten im Überfluss. Das reichste Vorkommen der Erde."

„Und wo liegt die Verbindung zu Birrhausen? Da gab es doch keine Bodenschätze."

„So dachte ich zu Beginn auch. Doch eines Tages las ich der Zeitung von Testverfahren im Bergbau.

Da wurden neue Schürfmethoden getestet. Irgendwo in England, wo es nichts als Steinkohle gibt.

Dabei wurden viele Häuser so stark beschädigt, dass sie unbewohnbar wurden, was aber niemanden wirklich interessierte.

Und da kam mir der Gedanke: wenn Birrhausen auch nur ein Testlauf war? Ein Testlauf für die Katastrophe in Südamerika?

Ein absolut unverfänglicher Testlauf, bei dem kein Grund ersichtlich war, warum die Stadt zerstört wurde. Zuerst ein verrückter Gedanke, dann aber, mit der Zeit, wurde daraus das gesuchte Motiv, die gesuchte Wahrheit".

„Und wie konnten sie das beweisen?"

„Wem beweisen?"

„Der Polizei".

„In diesem Teil von Südamerika interessiert es die Polizei nicht. Wer Geld hat kauft sich die wichtigsten Leute. Ich habe einen Mann engagiert der für mich die Mörder gesucht und gefunden hat. Es waren die Gleichen wie in Birrhausen."

„Und die Leute in England?" fragte Roth.

„In den Zeitungen stand es seien Unfälle gewesen.

Aber es waren keine Unfälle", sagte er spontan, „da ist sich die Polizei ganz sicher".

Sie drückte seine Hand.

„Ich weiss, - und die Polizei hat recht".

Fassungslos schaute er ihr ins Gesicht.

„Woher wissen sie?"

Sie wich seinem Blick aus und schaute auf die Nebelschwaden die von der Aare heraufzogen.

Roth schaute sie von der Seite her an und nickte.

„Ich glaube ich verstehe."

Schweigend sassen sie nebeneinander, in Gedanken versunken.

„Und wenn die Polizei doch noch eine Spur findet?"

„Ich glaube nicht, dass das gelingt. Wer soll auf mich kommen ?

Zudem habe ich mein Gedächtnis noch nicht vollständig wieder erlangt, ich bin noch in Therapie. Ein paar Wochen wird es noch dauern bis ich vollständig geheilt bin. Wie sollte ich in dieser Zeit zu solchen Taten fähig sein? Und zudem wissen bisher nur drei Personen, wer ich wirklich bin.

Der behandelnde Arzt, der Mann der mir geholfen hat und nun sie. Für alle anderen bin ich verschollen."

Und wieder breitete sich schweigen aus auf der Bank.

Endlich lichtete sich der Nebel und die Sonne warf ihre warmen Strahlen auf die Terrasse. In den Bäumen sangen die Vögel und die Luft schien leicht und klar.

„Ist das jetzt das Ende?"

„Ja", sagte sie leise, „es ist das Ende."

„Dann sei es so. Lassen sie es hinter sich und schauen sie nur noch nach vorne. Leben sie ihr neues Leben, - Andrea."

Zum ersten Mal sprach er sie mit ihrem Vornamen an.

Sie lächelte ihn an und fasste seine Hände.

„Danke, - Daniel, - du hast recht, schauen wir nach vorne."

Dann stand sie auf und blickte zu ihm hinunter.

„Worauf wartest du noch? Lass uns gehen, ich muss mein Ge-dächtnis wieder erlangen und dann Walter aus der Klinik holen".

Zeitfracht Medien GmbH
Ferdinand-Jühlke-Straße 7
99095 Erfurt, Deutschland
produktsicherheit@kolibri360.de